# 小説　最後まで行く

ひずき　優



集英社文庫

# 小説　最後まで行く

# 十二月二十九日　祐司

年末年始の天候は大きく崩れることがないとの予報とは裏腹に、その日は夕方から暗い雲が広がり、夜になると大粒の雨が降り出した。

窓に打ちつける雨と、忙《せわ》しないワイパーの動きに焦燥をかき立てられながら、工藤祐《くどうゆう》司《じ》は病院に向け猛スピードで車を走らせていた。エアコンをつけていない車内の空気は喉が凍《し》みるほど冷えていたが、アルコールに火照った頭にはちょうどいい。それでなくても直前に受けた電話への動揺と緊張にこわばる脳は訳のわからない熱に煮えている。急げ、急げ。自らを急《せ》き立てる思いのまま、雨に濡《ぬ》れた暗い車道をひたむきに見据える。

そんな中、助手席に置いていたスマホが着信音を鳴らした。画面を一瞥《いちべつ》すると「美沙《みさ》子《こ》」の文字。別居中の妻の名前に、張り詰めた神経がさらにささくれ立つ。スマホを手に取り「俺だ」と応じたとたん、非難の声が耳に刺さった。

『ねぇ、今どこにいんの!?』

「だから今向かってんだよ、ウルセエなー」

『ウルセエって……お義母《かあ》さん危篤なんだよ。わかってる？』

「わかってるよ!!」

　大声を出すと、電話の向こうで『もー』と呆《あき》れ混じりのため息が響いた。

『あとどれくらい？』

「もうすぐだよ。こっちだって急いでんだよ！」

　時間がかかっているのは、おそらく美沙子が考えているよりもずっと離れた場所にいたせいだ。母親危篤の知らせを夜の店で受けた後ろめたさや、間の悪い現実への苛立《いらだ》ちも手伝い、声も言葉も尖《とが》っていく。

　美沙子は妻ならではの勘の良さでそれを察したようだ。

『もしかしてまた飲んでるの？』

「は？　飲んでねぇよ」

『もうホントやめてよね、こんな時に』

「飲んでない、飲んでません。飲んでません」

稚拙な嘘《うそ》が彼女に通じないことは、短くない結婚生活の中で思い知っていた。だが他に言えることもなく子供のようにくり返す。と、ふいにあどけない声が聞こえてきた。

『パパー。まだぁ？』

「おー、美奈《みな》。もう少しだからな、待ってろよ」

五歳になる娘の呼びかけに、張りつめていた緊張がわずかに緩む。が、それもつかの間、電話にキャッチが入った。

「あ？」

発信者を確かめる。上司からだ。祐司はおざなりに口を開いた。

「お、ちょっとまたかける」

『え!?　ちょっと!!』

さわぐ美沙子を尻目に通話を切り替える。

「はい」

『おお工藤、おまえ今どこにいる』

「……え？　何でですか？」

愛知県埃原《あいはら》警察署刑事二課課長の淡島幹雄《あわしまみきお》警部による藪《やぶ》から棒な問いを受け、祐司の胸に嫌な予感が走る。どこも何も今夜は非番だ。居場所を訊《き》かれる筋合いはない。淡島もそれは承知のはずだが、電話の向こうで彼は苦々しく声を潜めた。

『さっき本部から連絡があってな。週刊誌がウチの署に裏金があるって告発記事を書くんだと』

「え？」

『おまえ最近、仙葉《せんば》組と会ったか？』

心臓がきしむ音を立てた。予感的中だ。

「……会いましたよ」

『いくらか受け取ったのか？』

「…………」

淡島の言葉には、どこか周りに聞かせるような響きがあった。彼はいま埃原署の刑事課にいるはずだ。勤務時間外でありながら事務仕事等で何となく帰らずにいる他の刑事たちと共に。嫌な予感がますます膨れ上がっていく。

『受け取ったのかって聞いてんだ』

上司の声が圧を増す。ハンドルを握る手に嫌な汗がにじんだ。くり返し視界をちらつくワイパーの動きに焦りが募る。

「で、でもあれじゃないですか。仙葉組とのことは課長から言われたから……」

元々は仙葉組の若頭《わかがしら》と通じていた淡島がやってきたことを祐司が引き継いだのだ。

だが皆まで言わせず淡島は言葉をかぶせてきた。

『おまえか。おまえのそれがバレたんだろう』

「え？　いやでも、これもちろん表に出ないようにしますよね？」

『どうだろうな。おまえがやったことだからなぁ』

嘆息混じりの言いざまに思わず「は？」と声が漏れる。

「いやちょっと待ってくださいよ。なんで俺だけなんすか！　課長だって……」

『これから署に本部の監察が調べに来る』

「え……」

その時、祐司は自分の身に起きようとしていることを正確に察した。つまりは切られるのだ。トカゲの尻尾《しっぽ》として。

「なんだよそれ。いや俺だけじゃねぇだろ！　俺だけのせいにすんのはおかしいだろ！　おい!!」

元より頭に血が上りやすい性格である。上司を上司とも思わぬ怒声を発した直後、通話は無情にも切られた。ツーツーと無機質に鳴る電子音に、かろうじて残っていた最後の血管も切れる。

「クソ!!　ふざけやがって！」

ハンドルを握りしめて吐き捨てた直後、スマホに再び着信があった。美沙子だ。またか！

電話に出るや否や、祐司は苛立ちにまかせて怒鳴った。

「だからいま向かってるって!!」

『お義母さん、いま亡くなったよ……』

耳に滑り込んだか細い声が、カッカしていた頭に冷や水を浴びせてくる。あらゆる音が遠のき、時間が止まったようにさえ感じた。

絶句していると、美沙子は静かに告げてくる。

『……早く来て』

電話が切れた後、引き潮のように失われていた感情が大波となって襲いかかってきた。

「クソッッッ!!」

スマホを持つ手を幾度もハンドルに叩《たた》きつける。噴出する激情に眩暈《めまい》がする。血走った目で前方を見据えたとたん、思いがけないものが視界に飛び込んできた。

若い女だ。傘もささずに走り、車の前を横切る。

「うおっ!?」

祐司はとっさにハンドルを切ってそれを避《よ》けた。沿道に空き地が広がるこのあたりは周囲に建物もほとんどない。かくも辺鄙《へんぴ》な場所で、こんな時間に何をしているのか。

思わず振り向いて女の後ろ姿を追った後、前を向き直す。次の瞬間、祐司の目が極限まで見開かれた。

「――――!?」

車の前に、今度は男が立っていたのだ。そうと気づいた時にはドンッと鈍い衝撃が車体に響いていた。夜の雨を照らすヘッドライトの中、跳ね上がった男の身体《からだ》がフロントガラスにぶつかる。

慌ててハンドルを切り、ブレーキを踏み込んだ。車は路上でタイヤを滑らせた末に停止する。

「………」

現実を受け止めきれず、祐司はハンドルを握りしめたまま茫然《ぼうぜん》と前を見つめた。静かな車内に自分の息遣いと、窓を打つ雨の音だけが響く。

フロントガラスには青ざめた顔が映っていた。ありふれた短髪に、三十六という実年齢より五歳は老けて見える無精ひげ。刑事かヤクザか、どちらかでしかありえない眼光鋭い強面《こわもて》の中心に蜘蛛《くも》の巣状のひびが入っている。

しばらくして自失から脱すると祐司は車から降りた。

近くには工場のような建物と、トタン板を貼り合わせただけの廃小屋がある他は民家も人気もない。街灯が届く範囲を一瞥した後、路上に倒れた男のもとに駆け寄った。

「オイ……」

横たわる男はピクリとも動かない。頭部のあたりから大粒の雨に混ざった血が路面を流れていく。

「オイッ！　オイッ！」

強く肩を揺さぶるが反応がない。喉が干上がるような緊張を覚えながら男の顔に耳を近づけるも、呼吸は確認できなかった。確かめるまでもなく男は死んでいる。

濡れたアスファルトに膝をついたまま、祐司は苦悶《くもん》のうめき声をあげた。

「あああ、なんで……！　なんでこんなことになんだよ……!!」

裏金が見つかって、全責任をなすりつけられそうで、看取《みと》ることもできずに母親が死んで、あげく男を車ではねた。悪夢のような連鎖に怒りのやり場も見つからず叫ぶ。

だが不幸はまだ終わったわけではなかった。

車道の先からヘッドライトがひとつ近づいてくる。街灯に照らし出された車体は、よりにもよって白黒のツートンカラー。警邏《けいら》中のパトカーだ。

「――――!!」

祐司は焦って死体と自分の車とを見比べた。

どうする!?　どうする!?　対応を考えて頭をフル回転させる中、またしてもスマホが鳴り出す。美沙子からだ。見るまに近づいてくるパトカーのライトと、白く光るスマホの画面。エンジン音と着信音。双方に追い詰められ、ドクドクとこめかみで鼓動が大きく鳴る。どうするどうするどうするどうする――緊張のメーターが急激に上昇していき、やがて振り切れる。

「ああ……あああ……クソッ……！」

祐司はおもむろに背後から死体の両脇に腕を通して抱え上げた。そして近くにある、廃材が置かれたトタン小屋までズルズルと引きずって行く。小屋の陰に何とか死体を隠すと、そのまま自分も一緒に身を潜めた。降りしきる雨の中、自分の呼吸がやけに大きく響く。

どう考えても無茶な行動だ。なにせ路上には車が残っている。ドライバーのいない車を警察官たちはきっと不審に思うだろう。

パトカーのライトはまっすぐにこちらへ向かってくる。祈るような気持ちで身を縮めながら、祐司は近づいてくるエンジン音を呪った。

「………っ」

巡査長、二課の刑事。自分に残された、たったそれだけのものすら失うことになるのだろうか。病身の母親の介護と医療のために重ねた借金は年収よりも大きい。今後どう返済していけばいいのか。のしかかる不安に押しつぶされそうになる。

永遠にも似た時間の末、路上を照らしていたパトカーのライトがフッと消えた。エンジン音も遠ざかっていく。おそるおそるのぞいたところ、途中の角を曲がって走り去るパトカーが目に入った。

祐司は腹の底から息をつく。まだ運に見放されたわけではないようだ。雨に打たれながら腰を上げ、苦い思いで死体を見下ろした。

金髪の若い男だ。セーターにチノパン、シルバーのネックレス。首にタトゥーがあり、顔には殴られたような傷が見られた。

スマホが再び美沙子からの着信を告げる。今すぐ病院へ行かなければならない。本当はこんなことをしている場合ではない。動け。何とかしろ。

「……あぁぁ!!」

祐司は急いで廃小屋に向かうと、廃材にかぶせられていたビニールシートを引っぺがして手早く死体を包み、紐《ひも》で縛った。そして周囲を警戒しつつ車まで運び、後部トランクを開けて力任せに死体を押し込む。

トランクを閉じた時、頭の中にあるのは早く病院へ行かなければという一念だけだった。急いで運転席に戻り、速やかに車を出す。

ダッシュボードから取り出したタオルで頭をぬぐいつつ、祐司はできる限り急いで県道を進み続けた。一瞬でも気を抜けば叫び出しそうになる緊張の中、努めて思考を停止し余計なことは考えずにハンドルを握りしめる。

とにかく病院へ行かなければ。早く、早く。そんな気持ちを嘲《あざけ》るような問題が生じたのは、目的地近くまで来た時のことだった。

前方にまたしても警察車両が見えてきたのだ。白黒に塗り分けられたワゴン車の横に据えられた掲示板には「検問中」の赤い文字が記されている。

「――――!?」

心臓が跳ね上がった。

反射テープの巻かれた三角コーンが路上に並べられ、複数の車が列を作っている。その間を交通課の警察官が闊歩《かっぽ》していた。

「マジかよ……っ」

ひき逃げの件がバレたのか。直前に見かけた女が事故に気づいて通報でもしたか――

そんな予想が脳裏をよぎる。

だが逃げようにも他に道はない。いきなりUターンをするわけにもいかない。なす術《すべ》もなく赤色灯の誘導に従って車を停《と》めた祐司のもとに、上下のレインウェアを身につけた警察官がやってきた。

「こんばんはー。飲酒検問のご協力お願いします」

「あぁ……」

ガラス越しの声に胸をなでおろした。何のことはない。年末に県内各所で行われる飲酒検問だ。が、今度は別の心配が頭をもたげる。

母危篤の連絡を受けるまで、行きつけのスナックで一体どれくらい飲んでいたのだっる。

たか――。

素早く思い返す間にも、誘導灯を持つ警察官に指先でガラスを叩かれ、渋々窓を下げ

「ご苦労さん」

「ここに息を吹きかけてください」

差し出されようとした検知器を、祐司は片手を上げて制した。

「あぁ、俺は大丈夫だから。埃原警察署の刑事課の工藤だ」

そのとたん警察官はぱっと直立し、敬礼をする。

「あ、ご苦労様です！」

「年の瀬に大変だな。じゃあ」

鷹揚《おうよう》に労《ねぎら》い、窓を閉めようとした矢先、見覚えのある嫌なやつが近づいてきた。

「おやあ？　工藤サンじゃないですか」

埃原署交通課の梶征士《かじまさし》である。何年か前、交通課がとある自動車事故を捜査中、容疑者だった男を祐司が薬物使用の疑いで逮捕した。獲物を鼻先でかっさらわれた梶は、その夜に仲間と飲んでいた祐司のもとへ怒鳴り込んできたが、酔っていた祐司は喧嘩腰《けんかごし》に応じて事態を悪化させた。手柄の奪い合いは警察組織の常とはいえ、それ以来梶には目の敵《かたき》にされている。

「オイ、刑事課の工藤サンだ」

梶は同僚の警察官たちにもその話をしたのか。彼の言葉に周囲は「あぁ、あの……」とでも言いたげな反応を見せた。

「……おう、お疲れさん」

祐司が検知器を退けたことに目敏《めざと》く気づいたのだろう。梶はニヤリと笑みを浮かべる。

「いやー、もう明後日《あさって》で一年も終わりですよ。どんな年でしたか工藤サン。はい、フーしてください」

猫なで声でそんなことを言いながら検知器を差し出してくる。祐司はこわばった苦笑で応えた。

「いや、俺はいいだろ」

「いやいやいやフーしてくださいよ」

「いやいやいや同僚にそりゃ失礼だろ」

「まさかおねーちゃんがいる店で飲んでたわけじゃないでしょ？」

「まさか」

それまで浮かべていた薄ら笑いを消し、梶は真顔で詰め寄ってくる。

「フーしてください」

しつこい相手にうんざりする。

「飲みました。飲んだよ！　ちょっと付き合いで飲んだだけだよ。警官同士だろ。見逃してくれよ」

「工藤サン……いい機会だ。ちょっと話したいんで降りてくださいよ」

「俺急いでんだって」

辟易《へきえき》した口調で言うも、相手に優位を確信させただけのようだ。梶はさらにフロントガラスに目を止めた。

「あれ？　ここどうしたんですか？」

手袋をはめた手が、フロントガラスに残る手のひら大のひびを指す。

「…………っ」

祐司は危うく漏らしそうになった声を飲み込んだ。

「ほらこれ。どうしたんですか？」

「何でもない……何でもないって」

「えー？」

「ちょっとぶつけただけだよ」

「事故ですか？」

「ちょっとぶつけただけ……わかったよ！　降りりゃあいいんだろ、降りりゃあよ!!」

やけくそに吐き捨て、車から降りる。相手はプロだ。ひびを調べられたら確実に怪しまれる。何とかして車から注意を引き離さなければ。

そんな思いで車から離れるように歩を進めると、うまい具合に梶もついてきた。だがしかし、それは向こうの思惑でもあったらしい。

「工藤サン。あんたやりすぎなんだよ。あんたが仙葉組から裏金もらってるのはみんな知ってる。事故も起こしてるし、悪いけど車内調べさせてもらうよ」

いきなり踵《きびす》を返した梶を、祐司は慌てて引き止めた。

「そりゃやりすぎだろ！　ちょっと待ってくれよ。何もねぇって！　勘弁してくれよ、急いでんだよ！」

両手を出して懸命に制止していた中、どこかでスマホの着メロが鳴り響く。しめた、と思った。

「おい、鳴ってるぞ」

すかさず指摘すると、梶は首をかしげる。

「いや俺じゃないですよ。工藤サンでしょ」

「俺のはこんな音じゃねぇよ」

雨の中で鳴り響くのは、場違いなまでに明るいオクラホマミキサー。

「…………」

しばし見つめ合った後、梶と共に音のするほうを振り向いた。祐司の車の後部トランクだ。ようやくそう気づき、一気に血の気が引いた。

「――――……っ」

「ん……？　あれ？」

音をたどるように歩いた梶が、後部トランクに耳を近づける。

「んんー？」

音がその中から聞こえることを確信した梶が身を起こす。祐司は「あぁぁ‼」と叫んで後部トランクと梶との間に身体をねじ込んだ。

「さっき色々まとめて入れたからな。何だろうな……」

「え？　さっき何もないって言ってなかったっすか？」

「ないない、何でもない！」

支離滅裂な説明にごまかされるはずもなく、梶は後輩らしい別の警察官に誘導灯を振った。

「おい、トランク開けろ」

「はい」

「おい！　ちょっと待て！」

声を張り上げたものの、警察官は運転席のドアを開けてトランクのロックを外そうとする。祐司はさらなる大声で怒鳴りつける。

「待てって、おい!!　開けんな!!　開けんなって!!　おい！」

目の色を変えて妨害する祐司を、走り寄ってきた別の警察官が止めようとした。が、祐司に突き飛ばされて濡れた路面に倒れ込む。

「開けるなって！　何すんだ！」

「何やってんだ!!」

今度は梶が駆け寄りつかみかかってきた。周りにいた他の警察官たちも次々に走ってきて両腕にしがみつき祐司を押さえつける。その間に警察官が鍵の開いた後部トランクを開こうとした。

今トランクの中を見られるわけにはいかない——その一念で火事場のバカ力を発揮した祐司は、警察官たちをまとめて振り払う。が、相手は数が多い。四苦八苦しながらも暴れる祐司にしがみついて動きを阻んでくる。

と、一人の警察官が催涙スプレーを顔に噴きつけてきた。

「うおおおおおっ!!」

燃えるような目の痛みにうめく。

「おまえらふざけんな!!」

大人しくなるどころか、視界を奪われたせいでいっそう激しく暴れ始めた祐司に、警察官たちも必死に応戦した。

と、その時。すぐ傍《そば》でクラクションが鳴った。一台の車がヘッドライトで乱闘の場を照らしている。

今度は何だと全員が動きを止めて見守る中、運転席から男がひとり降りてきた。黒い傘を開き、まっすぐこちらに向かってきた男は、戸惑う警察官たちに声をかける。

「どうかしたんですか？」

「いや、あなたには関係ないから。車に戻ってて」

あしらう梶に向け、男は警察手帳を見せた。

「県警本部の矢崎《やざき》です。大丈夫ですか？」

「え？」

「何を揉《も》めてるんですか」

突然のキャリアの出現に、梶が直立不動で敬礼をする。

「これはどうも！　埃原署交通課の梶と言います！」

自由になった祐司も、スプレーを受けた目を押さえながら言った。

「同じく刑事課の工藤です」

大雨が薬剤を洗い流してくれたのか、目の痛みは耐えられないほどではない。何とか目蓋を開けた視界に真っ先に飛び込んできたのは、傘を持つ手がはめている黒いレザーの手袋だった。

そして隙なく身につけたグレーのトレンチコートと、誘導灯の赤い灯《あか》りに照らされた色白の細面。四十前後か。フチなし眼鏡《めがね》をかけた眉根には、いかにも神経質そうな皺《しわ》が寄っている。

「……刑事課？」

祐司をじっと見つめ、矢崎は無感動につぶやいた。

「あなた、埃原署の刑事課？」

「はい……」

「工藤さん。私は監察課の人間です」

「かっ、監察課……？」

心臓がぎくりと音を立てた。てことは、こいつが淡島の言っていた裏金を調べに来るとかいう人間か。動揺を見透かすかのように、矢崎は唇の端にあるかなしかの笑みを浮かべる。

「ええ、ちょうどよかった。連絡が行ってるかと思いますが、これから署の方にお伺いする予定だったんですよ。……ここではなんなので、私と来てもらえますか」

「あっ、あの！」

答える声は完全に裏返っていた。

「本っ当に申し訳ないんですけど！」

「何でしょう」

「さっき母が死んだんです」

「え？」

わずかに目を瞠《みは》る矢崎の横で、梶も驚いたように息を呑《の》んだ。

「それで急いでて、病院へ向かってるんです。それがすんだらすぐ署へ行くつもりでした」

「そうですか。ではその後、署に来ると？」

「はい！」

うなずく祐司を、情の薄そうな目がフチなし眼鏡越しに見据えてくる。陰鬱な目つきに何とはなし腹の底がぞわりとした。

が、予想に反し矢崎はすんなり引き下がる。

「……わかりました。ではそこで」

「すみません。失礼します」

祐司は一礼すると足早に自分の車に戻り、運転席に収まるや否や急いで発進させた。バックミラーの中であっという間に検問所が遠ざかっていく。

（助かった――）

ぎりぎりで何とか逃げることができた。だが……。

ドクドクとうるさく鳴る鼓動に神経をかき乱される。

「やべぇ……」

裏金と遺体。どちらも確実に自分の首を絞めるものだ。ひたひたと近づく破滅の気配に身震いしつつ暗い夜道を走り続ける。

急いで何とかしなければ。だがどうすれば？　考えても答えは出てこない。スプライトに照らされた路面の先は奈落のような闇に続いている気がしてならない。スプレーの違和感が残る瞳で何度も瞬《まばた》きをし、祐司は必死に夜の車道に目を凝らした。

病院へ着く頃には雨はやんでいた。駐車場に車を停め、小走りで病院へ駆け込んでいくと、和江《かずえ》の病室がある階まで急ぐ。廊下の椅子に座って待っていた美沙子が弾《はじ》けるように振り返った。その横から走り出してきた美奈が、祐司の膝に抱きついてくる。

「パパー!!」

久しぶりに会う娘を抱き止める祐司に、美沙子が恨めしげな目を向けてきた。

別居後、看護師として働きながら一人で育児をこなし、かつ祐司の母・和江の介護施設とのやり取りも引き受けてくれていた。あげく危篤になった和江のもとへ息子はいつまでたっても現れず、ひとりで看取るはめになったのだ。こんな時間にのこのこ現れた夫に言いたいことは山ほどあるだろう。

それでも美沙子は黙って祐司を和江のいる病室へ案内した。

小さな部屋に足を踏み入れると、白いベッドの上に横たわる母の姿が目に入った。すでにあらゆる器具が取り外されているためか、静かに眠っているようにしか見えない。

「…………」

祐司の父親が生きている時には暴力に悩まされ、死んでからは遺《のこ》された借金に苦しんだ。それでも女手ひとつで祐司を育ててくれた母親だ。借金の返済を終えてからは自分の店を開いてまずまず自由に暮らしていたものの、それも三年前に脳梗塞で倒れて終わった。介護施設に入った後は、自分の闘病生活が精神的にも経済的にも息子に負担を与えることを気にし続けていた。

遅刻を心中で詫《わ》び、沈痛な思いで母の亡骸《なきがら》を見つめる。そんな祐司の傍らから、女性の看護師がそっと声をかけてきた。

「……あの、もうよろしいですか？」

「え？　あ、あぁ……」

祐司が一歩下がると、看護師は亡骸の顔にシーツをかける。美沙子が言った。

「お義母さんをすぐに移さなきゃいけないのよ」

「移す？」

看護師がうなずく。

「はい。申し訳ありませんが病院は安置所ではないので」

「いや、すぐにって……」

困惑を漏らした直後、祐司のスマホが鳴り始めた。反射的にポケットから出そうとする前に、美沙子が低い声を出す。

「ねぇ、ちょっと」

祐司は出しかけたスマホをポケットに押し込んだ。

「わかってるよ。えーっと……なんだっけ」

看護師に目をやると、事務的な答えがくる。

「工藤さん。葬儀会社はお決まりでしょうか」

「葬儀会社？」

「はい。もしお決まりでなければ、いつもお願いする葬儀会社がありますのでそちらをご紹介しましょうか？」

「………」

「お願いします。助かります」

スマホの着信に気を取られる祐司の代わりに美沙子が応じる。でくの坊のごとく立つ祐司の中で、新たな焦りが湧き上がった。

そんなバカな。今夜中に亡骸を移すなんて聞いていない。これからトランクの中のアレを何とかして、その後は署に戻って矢崎の監査に対応しなければならないというのに。

電話はおそらく署からだろう。一体何だ。向こうはどうなっているのか。いない間に、自分に不利な方向に話が進んではいないだろうか。

ポケットの中で鳴り続ける着信音に、不穏な胸騒ぎは膨らんでいく一方だった。

## 十二月二十九日　矢崎

一日中人気の絶えない警察署といえど、この時間になると閑散としている。埃原署の廊下は無人で、行く手にある刑事課から漏れる苛立った声がよく響いていた。

「やっぱり電話に出ません」

「チッ。工藤のやつ、何をやってるんだ、まったく……」

マスコミにリークされたという裏金疑惑の中心人物と連絡が取れずにいるようだ。廊下を歩きながら、矢崎は工藤の暗い目を思い出していた。

刑事二課は暴力団犯罪をはじめ、詐欺や薬物事犯などを担当する部署である。尾行や張り込みによる捜査が多いためか、工藤も黒のジャンパーに同色のハイネックセーターという地味ないでたちだった。とはいえ全身を量販店の安物で固めているのは仕事柄というより経済的な事情だろう。

（それが動機か）

意外性のかけらもない物思いを脇に追いやり、刑事課のフロアに乗り込んでいく。と、その先にいた刑事たちがいっせいに振り向いた。

常より裏社会の人間を相手にする刑事たちの鋭い視線の中、矢崎は一団に近づいていく。

「監察課の矢崎です」

黒い手袋を取りながら簡潔に名乗ったところ、刑事課長の淡島が硬い表情で会釈をしてきた。

「ご苦労様です」

その横から、唯一の顔見知りである埃原署の署長・波川喜一《なみかわきいち》が進み出てくる。

「矢崎さん。年の瀬にご苦労様です。本日はご結婚おめでとうございました」

「……ええ」

余計なことを言う波川を睨《にら》みつける。不穏な視線を、結婚式を挙げた直後にこんな仕事に出向くことになった虫の居所の悪さと考えたのか、波川はことさら愛想笑いを浮かべた。

「いやしかし、どこから出た話なんでしょうねぇ。このコンプライアンスの厳しい時代に裏金なんて作れませんよ」

「ひとまず明日、不自然な支出がないか過去十年分の帳簿を見せていただきます。用意しておいてください」

にこりともせず発した指示には、淡島が言葉少なに応じる。

「わかりました」

「それから、こちらには工藤という名前の刑事がいますね」

「いますが……工藤が何か？」

答えにわずかな警戒がにじむ。矢崎は並んだデスクの間を歩き、書類やファイル等を確認していった。

「話を聞きたいと思っています。実は先ほどここへ来る途中で偶然会いましてね。お母様が亡くなられたそうで」

「――――」

刑事たちが息を呑む気配に顔を上げる。

「あぁ、こちらにはまだ連絡が来てませんか。それで病院に急いでいると。その後こちらに来ると言っていたのでここで待たせていただきます」

矢崎は空いている椅子を引いて勝手に腰を下ろす。

一方的な宣言に淡島は「あぁ、そうだったんですか」とうなずいた。さらにしばしの逡巡《しゅんじゅん》の後、迷う素振りで口を開く。

「あの……工藤が何か……？」

すでに何らかの容疑がかかっているのか、いないのか。探りにかかる相手を冷ややかに見やる。

「本人と話せればと思います」

「………」

引き下がった淡島は落ち着かない様子でスマホを握りしめ、どこかへと去っていった。が、一分もしないうちに戻ってくると、気まずそうに頭を下げてくる。

「すいません。工藤なんですが、葬式の手配のせいで今夜は来れないと。明日の朝来ると言っております」

「……そうですか。明日の朝ですね？」

「はい」

「わかりました。では、明日」

矢崎は冷たい苛立ちを押し殺しつつ静かに返す。その様子を息を詰めて見守る周囲には目もくれず、立ち上がってその場を後にした。

適当なことを言い自分を煙《けむ》に巻いた相手にも、母親の死と聞いてつい同情してしまった自分にも腹が立つ。廊下を進む足取りが荒々しくなった。

常に冷静でいようと思えばこそ日々の憤懣《ふんまん》は理性の下に封じられて溜《た》まっていく。ただでさえ張り詰めた神経がギリギリと音を立てて一層緊張する。

階段を下りながら窓に目をやり、雨に濡れた黒い路面を見てふと工藤のジャンパーを思い出した。

検問の場所で、緊張と警戒のないまぜになった面持ちで立っていた。尖った眼差《まなざ》しからは叩き上げの地力《じりき》としぶとさが伝わってきたが、一方で無骨で気の利かない性質も感じられた。出世に苦労するタイプだ。もし刑事を免職になるようなことがあれば、さぞ身の振り方に困るだろう。

市民に法を守らせる身でありながら不正に携わり、それをひた隠しにして職にしがみつこうとするクズに同情する気もないが。

（逃げられると思うな——）

警察署を出た矢崎は、苛立つ頭が冷たい夜気に包まれるのを感じながら、濡れた路面をじっと見据えた。

# 十二月二十九日　祐司―2

葬儀会社の人間は直ちにやってくるとのことだった。

病院のロビーで待ちながら、祐司はそわそわと落ち着かない気分を持て余す。正直こんなことをしている場合ではない。だが和江の遺体の処置を美沙子ひとりにまかせるわけにもいかない。今すぐにでも動き出したい焦燥をぐっと抑えつけ、椅子に座って貧乏ゆすりを続ける。

その美沙子は、離れた席でこちらに背を向けていた。隣りで美奈が人形遊びをしている。

静まり返ったロビーに、ふいに「工藤様……」と遠慮がちな声が響いた。

見れば黒いパンツスーツの女がひとり、入口のほうからやってくるところだった。祐司と美沙子も立ち上がってそちらに向かう。並んで迎えると女は名刺を渡してくる。

「大変お待たせしました。ハートフルあいはらの竹原《たけはら》と申します。この度はまことにご愁傷様でございました」

かしこまって深々と一礼した後、竹原は「早速ではございますが」と切り出してきた。

「お電話でお伺いしていたお母様の安置場所ですが、私どもの所有しているあいはらホールでよろしいでしょうか。そちらの安置所でしたら……」

話を聞いている傍から、祐司のスマホがバイブで電話の着信を伝えてくる。淡島からだ。

「ちょっと……」

スマホを手に離れようとすると、美沙子が「ねぇ！」と押し殺した声で引き留めてきた。ただでさえマイナスな自分への評価が、彼女の中でますます下がっていくのを感じながら祐司は電話に出た。

「はい」

『工藤、おまえ、おふくろさんが亡くなったのか？』

「そうなんですよ。それで今、病院に来てて……」

『その後で署に来ると言ったんだな？』

「……誰から聞いたんですか？」

『もう監察が入ってる。おまえを待ってるぞ』

「………………」

脳裏に矢崎の陰鬱な眼差しがよみがえる。

『いつ来るんだ？』

答えあぐねて鼓動が速まる中、崖っぷちから脱する方法を考え、思考がめまぐるしく行ったり来たりする。そんな時、ふいに竹原の説明が耳に滑り込んできた。

まずは私どものあいはらホールにお母様をお移しして、式場を探すことになるかと――

その瞬間、祐司は振り向いて上ずった声を上げた。

「あいはらホール！　それがいい、そうしよう！」

竹原と美沙子のほうへ戻りながら、スマホに向けて一方的にまくし立てる。

「これから母の遺体をホールに運ばなくちゃいけなくて、今日はちょっと難しいっすね。明日の朝、署のほうに向かいますので、すみません。失礼します。はい、はーい」

『バカ！　おい！　工藤!!』

怒鳴る淡島にかまわず祐司は強引に電話を切った。そしてぽかんとした様子の竹原へぎこちない笑みを浮かべる。

次いで美沙子を見れば、祐司の場当たり的な嘘やごまかしにこれまでさんざん振りまわされてきた彼女は、この上ない不信と呆れとあきらめに満ちた冷たい眼差しを向けてくる。

あまりにも胸に刺さる妻の目を直視できず、祐司は視線をさまよわせた。

竹原と葬儀会社のスタッフたちは速やかに和江の亡骸を葬祭ホールへと車で移送した。

美沙子と祐司はそれぞれの車で追い、遺体が葬祭ホールの中へ運び込まれるまでを見届ける。

「本日は、霊安室でお母様を安置しますので」

葬儀会社のスタッフである竹原志津《しづ》は、そう言うとふたりに軽くお辞儀をして去っていった。

祐司は帰る前に美沙子の車中で寝ている美奈の顔を見に行く。チャイルドシートで眠る娘の頭をなでていると、運転席に乗り込んだ美沙子が声をかけてくる。

「じゃあ帰るから。また明日来る」

「葬儀の準備も来てくれんのか」

「仕方ないでしょ。一応まだ身内なんだから」

美沙子がこれまで別居だけですませてくれていたのは、和江のことがあったためだ。だがそれもここまでだろう。エンジンをかけながら彼女は軽く言った。

「……あれも早くちょうだいね」

「……あぁ、わかってるよ」

祐司がうなずくと、さっさと車を出して駐車場から去っていく。

手放したものへのわずかな未練をため息と共に押し出した後、祐司も自分の車に戻った。後部トランクに手をつき、その中身をどうするか改めて考え込む。

「………」

　とにかく今夜中にコレを何とかしなければならない。そう考えた矢先、祐司のスマホが鳴った。またしても淡島だ。億劫《おっくう》な気分で電話に出る。

「はい」

『おまえ今どこにいる？』

「どこって……あいはらホールですけど」

『もうすぐ着くから入口で待ってろ。裏金の話を詰めときたい』

　突然の申し出にぎょっとした。

「え、ちょっと待ってくださいよ！　あ、明日でいいでしょ!?」

『もう着くぞ。外出てこい』

「ちょ……っ」

　先ほどとは逆に問答無用で切られてしまった電話に頭を抱える。そもそもなんでここがわかったのかと苛立ち、そういえば電話でそれらしいことを自分で口走ったなと己の愚行を思い出して、抱えた頭をかきむしる。

（今はそれどころじゃねぇんだってば！）

　せっぱ詰まった思いで駐車場をうろついた時、あるものに目が止まった。葬祭ホールの外壁下部にある空気ダクトの通気口だ。

「………」

祐司は食い入るようにそれを見つめた。

通気口のカバーはほぼ正方形で高さも幅も五十センチほど。四隅をネジで留められていた。祐司は汗だくになって、ネジの頭の窪《くぼ》みに硬貨をねじ込んで回そうと試みる。だが硬貨はなかなか窪みに嵌《は》まらなかった。淡島が来る前に終わらせなければならないというのに、焦れば焦るほどうまくいかない。

「くそっ……」

時間ばかりが過ぎていく状況に毒づいた瞬間、背後から「工藤」と呼びかけられた。

「うおっ!!」

飛び上がった祐司に胡乱《うろん》げな目を向けてきたのは淡島だった。

「……おまえ大丈夫か？」

後ろには祐司の同僚・久我山《くがやま》もいる。祐司はそれとなく通気口を隠すように立ち上がった。手のひらの汗をジーンズでぬぐいつつ、平気なふりで胸を張る。

「全然大丈夫っす」

「おふくろさんのことはご愁傷様だったな」

神妙に告げる淡島の目から通気口を隠すよう、祐司はさりげなく横にずれて立つ。

「それより監察の方は？」

「あぁ担当官がな、おまえと話がしたいそうだ。明日朝イチで必ず署に来い。おまえと仙葉組との関係もバレてる可能性がある」

「いやそんなの、仙葉組の親分が母ちゃんの店の客だったから知ってるだけですよ」

和江が埃原市でスナックを経営していた頃、仙葉は常連でよく顔を出していた。だが祐司とはさほど交流がない。知らないわけではないだろうに、淡島は「充分じゃねぇか」などとのたまう。

「待ってくださいよ課長。裏金のことは俺だけの話じゃないでしょう」

「リークされたのは最近の話だ」

「けどそれは昔っから――」

仙葉組のシノギを見逃す代わりに月に十万円のバックマージンをもらう。それを始めたのは淡島で、祐司が手を貸すようになったのは淡島に声をかけられてのことだ。だが。

「受け取った金はどこへやった？」

「え……いや……」

そう問われれば言葉に詰まる。日々かさんでいく和江の医療費にすべて消えた。もう残っていない。

黙り込む祐司の傍らで久我山が声を上げる。

「課長。交通課の梶から聞いたんすけど、こいつさっき検問で引っかかって車の中見せなかったらしいんです」

「──────……っ」

余計なこと言いやがってとそちらを見れば、久我山は険しい顔だった。本気で曲がったことが大嫌いな同僚とは元より折り合いが悪い。裏金のことも自業自得とでも思っているのだろう。

淡島が「なに？」と目を光らせた。その目がふとフロントガラスのひびに止まる。

「……おまえ車にマズいもんでもあんじゃねぇだろうな」

「いやいや、そんなもんあるわけないでしょ！」

両手を前に出して首を振るも、久我山はさらに追い込んでくる。

「で、母親が亡くなったからって逃げるようにいなくなったって」

「ちょ、いい加減にしてくださいよ！　交通課のはね、あっちが勝手にイチャモンつけてきたんですよ!!」

必死に言い募る祐司を怪しげに眺めていた淡島が、久我山に顎をしゃくる。

「おい、開けろ」

「はい」

久我山は素早く運転席にまわりこみトランクのロックを外した。淡島が後部トランクの蓋に手をかける。祐司は立ち尽くして見守るより他にない。

「………っ」

淡島がトランクを開けると、久我山も一緒になってのぞき込む。

だが――トランクの中は空だった。

祐司は内心冷や汗をだらだら流しながら息をつく。よかった。ふたりが来る前に、急いで中身を移動させておいて本当によかった……。

息詰まる緊張の中、ふと見ればトランクの端に血の染みがついている。

「――――!?」

心臓がひっくり返りそうな動揺を抑え、祐司は音を立ててトランクを閉めた。

「課長！　俺、今日母親死んでんすよ!?　そんな大変な時に何なんすか！　アッタマ来んなあ！」

「疑って悪かったな」

こちらの剣幕に、さすがにふたりともそれ以上追及しようとはしなかった。祐司は舌打ちをして運転席に乗り込むと、そのまま車を発進させる。

「やべぇ……」

またまた何とか逃げることができた。が、問題はまったく解決していない。

「落ち着け……落ち着け……」

その場しのぎのごまかしをくり返し、足元がくずれ落ちる前にかろうじて一歩踏み出しているだけ。それでも今は前に進むしかない。

怖《おそ》ろしい勢いで背後に迫る崩落に追いつかれないよう、祐司はアクセルを目いっぱい踏み込んだ。

## 十二月三十日　祐司

祐司は急き立てられるようにハンドルを握りしめていた。暗くて冷たい夜の雨の中、喪失を見届けるために走っているのだ。

と、ふいにヘッドライトが車道に立つ男を照らす。

「…………!?」

ドンッと嫌な衝撃に車体が揺れ、男の身体が宙を舞う。ハンドルを切るのと同時に男はフロントガラスの端にぶつかり、ただでさえ暗い祐司の世界に蜘蛛の巣状のひびを入れた。


「うぉっ!?」

自分の叫び声で祐司は目を覚ました。

ハァハァと荒い息の中、意識はしばしの混乱の後に現実へと着地する。

見慣れた天井は自宅アパートのものだ。白いカーテン越しに差し込む光の中で埃《ほこり》が舞っている。どうやらうなされていたようだ。この寒さだというのに、全身にじっとり汗をかいている。

息をつきながら周りを見れば、脱ぎ捨てた服やゴミの散乱した室内が目に入った。ペットボトルや空になった酒瓶、古雑誌、収集日を逃して捨てられずにいるゴミ袋もひとつやふたつではない。

美沙子との別居にあたり、場当たり的に借りた部屋だ。愛着がないのはもちろんだが、非番の日にもゴミに埋もれたまま何もやる気にならない疲弊の方も問題だった。

うめきながら身を起こせば、灰皿に溜まった吸い殻の灰で汚れたローテーブルの上に、美沙子の署名の入った離婚届がある。もう何日もそこに置きっぱなしにしている。

「………」

祐司は頭をかく。世界はひびどころか、とっくに砕け散っていた。


今日は朝イチで監察との面談がある。クビになりたくなければ行かねばならない。行ったところで結果は同じかもしれないが。鬱々とした気分で身支度をし、祐司は家を出て車に乗り込んだ。

交差点で信号待ちをしていたところ、カートを押して横断歩道を渡っていた老婆が、ひびの入ったフロントガラスをじろじろと見る。やはりこれでは人目を引く。だが修理に出せば出したでフロントガラスの傷を直したと記録に残ってしまう。それはなるべく避けたい……。

あれこれ考えていた、その時。パトカーのサイレンが一度だけ響いた。同時に、右から交差点に進入してきたパトカーが右折して停まる。信号無視をした乗用車を停車させたのだ。

違反車両の後ろに停まったパトカーから降りてきたのは、交通課の梶だった。

「――」

頭の中に昨夜の一件と、梶への怒りがよみがえる。

二台は祐司の進行方向――三十メートルほど先にいた。傍らには駐車禁止の道路標識があるが誰も気づいていないようだ。

その光景を見つめるうち、いい案がひらめいた。

祐司は助手席に置きっぱなしだったタオルをひねって口にくわえると、信号が青になるや否や思いきりアクセルを踏む。スキール音と共に急発進した車は、パトカー目がけて一直線に突っ込んでいき、その勢いのまま激突した。

激しい衝撃をやり過ごした祐司はタオルを吐き出し、窓を開ける。そして振り返ってあっけに取られる梶に向けて顎を突き出す。

「こんなところ停めてちゃ危ねぇだろうが。あぁ?」

代車はパステルカラーの軽だった。吐きそうなほど自分に合わない車に乗り込み、祐司は整備工場を後にする。とたん、スマホが鳴り出した。淡島である。『おまえ今どこにいるんだ』というお決まりの質問にぞんざいに答える。

「途中で事故起こしたんすよ」

『はぁー!?』

「今、車を預け終わって、そっちに向かってます」

『とにかく急げ！　監察の担当官はもう来てるぞ！』

淡島はそう言って慌ただしく切った。ホッとして、昨夜、祐司の車のフロントガラスにひびが入っていたことは忘れているようだ。ホッとしてスマホを助手席に放る。

署に着くと、入口で久我山がイライラした様子で待っていた。車を停めて降りると、彼は手招きをする。

「おい、早くしろ！　……っていうか何だその車！」

祐司は横柄に返した。

「代車だよ。修理に出したんだ」

久我山はやや不審そうに目を細めたものの、客を待たせている事実のほうが優先されたようだ。その他いっさいの寄り道を許さないという構えで祐司を刑事課へ連れて行った。さらに刑事たちの含みのある視線の中をまっすぐ進み、会議室のドアを叩く。

「失礼します」

扉を開けた久我山に押し込まれるようにして中に入ると、矢崎がひとりで立っていた。

「………」

いかにも高そうなグレーのトレンチコートに痩身を包み、帳簿の積まれたテーブルの上には黒い手袋がきちんとそろえて置かれている。フチなし眼鏡の奥の目は、今日も陰鬱に翳《かげ》っていた。

会釈をする祐司にソファを勧め、彼も向かいに腰を下ろす。同世代に見えるが、渡された名刺には警務部参事官兼監察官と書かれていた。将来を嘱望されるエリートといったところか。

帳簿を積んだテーブルをはさんで向かい合い、彼は「実際のところ……」と切り出した。

「仙葉組と繫《つな》がっているのはあなただそうですね」

スッと祐司の腹が冷える。自分がいない間に罪状は固められていたようだ。

「けど、それは……」

言いかけた祐司を彼は片手を上げて制した。

「これぐらいいやりますよ」

「え？」

「やつらの商売を見逃す代わりに金をいれろ。それだけのことでしょう？　大丈夫ですよ。これぐらい私が揉み消します」

「………」

耳にした言葉に絶句する。矢崎は訳知り顔で続けた。

「私は、組織にはそういう人間も必要だと思ってます。世の中には綺麗事《きれいごと》じゃすまないこともたくさんある」

「……はい」

「でもね工藤さん」

フチなし眼鏡越しに、光のない瞳がひたりと見据えてくる。

「何か他に我々に隠していること、ありますね？」

「え……？」

「何か事件に巻き込まれたりしてませんか？」

「………」

まるで見てきたかのような質問に心臓をつかまれる。思わず息を詰めた瞬間、眉根に皺の寄った神経質そうな眼差しと視線がかち合い、不吉な気分に襲われた。

「え……あ、いや……」

「私たちの仕事は人の挙動を見ることから始まります。私が揉み消すと言ったのに、あなたの表情から不安が消える様子がない。おそらく他に何か問題があるんだと思います」

「それは……」

「工藤さん、私でよければ話してください。力になります」

予想外の申し出に、追い詰められた心が揺れた。裏金を必要悪だと言い、見逃してくれるという。話のわかる相手のようだ。であれば昨夜のひき逃げについて白状する手もあるかもしれない。

刑事が飲酒運転の上、ひき逃げをしたなど警察にとっても表沙汰にしたくない不祥事だ。正直に話せば隠蔽してくれるのではないか。

避けようのない事故だった。母の死を知って動転し正常な判断力を欠いていた。……頭の中に並べた言い訳は、こちらを見る眼差しの冷たさに気づいた瞬間、霧散した。

微笑《ほほえ》みを浮かべているが矢崎の目は笑っていない。不安と不信が頭をもたげる。

いや、やはりこの質問はおかしい。

一体何が言いたい？　何を知っている？

からからに渇いた喉に唾を飲み込む。早鐘を打つ鼓動を感じながら、かろうじて声を絞り出した。

「……いえ、特にありません」

「本当ですか？」

「……はい」

矢崎はなおも含みのある目でじっとこちらを見ていた。しかしやがて口元に薄い笑みを刷《は》く。

「そうですか。ならよかった」

立ち上がった彼は黒い手袋をはめて会議室から出ていく。と、淡島と久我山が近づいてきた。矢崎はふたりに軽く声をかける。

「こんな年の瀬に騒ぎ立てるほどのことじゃありません。上には何も問題なかったと伝えておきます。では皆さん、良いお年を」

その言葉に刑事たちは目に見えてホッと息をついた。矢崎は一礼して出口へ歩き去っていく。姿勢のいいトレンチコートの背中を見送りながら祐司は胸の内でひとりごちた。

（何も問題ないだ？）

裏金についてほとんど何も訊かれなかった。処分もされなかった。矢崎は全貌をつかんでいる様子であったにもかかわらずだ。

だったらあいつは一体何のためにここまで来たのか。

『何か事件に巻き込まれたりしてませんか？』

意味ありげな問いを思い返して視線を泳がせる。

（言うべきだったか……？）

自分が人をはねたことは誰も知らないはずだ。だが眉根を寄せる矢崎の陰鬱な顔はその自信を揺るがせる。安堵《あんど》に緩んだ刑事課の空気とは裏腹に、祐司の不安は重く垂れ込めたまま晴れない。

最初から最後までひんやりと乾いた矢崎の蛇のような眼差しを思い出し、祐司は獲物のトカゲにでもなった思いで脇の下にじんわりと汗をにじませた。


その日の夕方、祐司はあいはらホールへ赴き和江の納棺に立ち会った。葬儀会社のスタッフの手で遺体に白い死に装束をつけ、白絹を張った棺《ひつぎ》に納められていくのを、美沙子や美奈と共に見守る。

「この後、蓋を閉じさせていただきますが、最後にお顔をご覧になりますか？」

竹原にうながされ、美沙子が美奈を抱き上げてお棺の中の和江の顔を見せた。皆で最後の別れをした後、棺の蓋が閉じられる。その後、竹原はパンフレットを渡してきた。

「工藤様。式場は善明《ぜんみよう》寺の分院をご用意できそうです」

「大晦日《おおみそか》にお葬式って……」

戸惑う美沙子に竹原はにこやかに説明した。

「年が明けるとお式の日取りがずっと後になってしまいますので。流れとしては、善明寺で式を執り行った後に市の火葬場で故人様を火葬させていただきます」

「火葬場……」

棺桶《かんおけ》が炎に包まれる様を想像した祐司の目が、ふと安置所の壁の上部にあるダクトの通気口に止まった。外壁のものと同じ五十センチ四方のサイズだ。ということは……。

「明日ご参列いただく方々にはご連絡はお済みですか？」

「………」

竹原の質問に答えず通気口を見上げる祐司を、傍らの美沙子が肘でつつく。

「ねぇ」

「あ？　あぁ。あぁ……」

生返事をした祐司は通気口を見つめたままフラフラと歩き出し、出口へ向かった。

「ちょっと!!」

背中に飛んでくる美沙子の声を無視して部屋を出るや、天井を見上げながら廊下を小走りで移動していく。正確には天井の上を走っているであろうダクトのコースを想像しながら進み、外に出た末に外壁の下部にあるダクトの通気口にたどり着いた。

「………」

いける……かもしれない。

昨日淡島と久我山が来る前に急いでカバーを取り外し、ビニールシートで包んだ死体を押し込んだ通気口をじっと見つめ、そう考える。

祐司は安置所に戻ると、今夜ひと晩和江の傍についていたいと竹原に申し出た。人の好《よ》さそうな女性スタッフは笑顔でうなずく。

「あぁ！　それは良いことだと思います。お通夜をなさらない代わりに喪主様がずっとお通夜の火を守られるというのは」

美沙子が驚いたように言う。

「ずっとここにいるの？」

「まぁ母ひとり子ひとりだったからな。最後ぐらいは」

「パパ帰らないの？」

人形を抱いた美奈も小首をかしげる。祐司は娘の頭に手を置いた。

「あぁ。パパは朝までばあちゃんと一緒にいる」

「じゃあ美奈もいる」

「美奈はダメ」

苦笑する美沙子の横で、祐司も言う。

「美奈。今日はパパにまかせろ。な？」

「うん」

「美奈、いくよ。——明日遅れないでね」

「バイバイ……」

振り向きつつ帰っていくふたりを笑顔で見送り、その姿が見えなくなるや通気口を見る。その瞬間、祐司の眼差しが変わった。

その日の深夜、祐司は葬祭ホールのダクトの中に潜り込んでいた。人ひとりがようやく這《は》って通れる程度のせまいダクトを、亀のような速度でじりじりと進んでいく。遅いのは余計な荷物があるせいだ。腰に巻いたロープの先はビニールシートに包まれた遺体につながっている。祐司が必死に匍匐《ほふく》前進をするたび、どこの誰ともわからぬ死体もズズッ、ズズッ、と引っ張られて動いた。

しかし死体が重い。岩のように重い。額に汗をにじませて進む中、ちょっとした窪みに死体が引っかかった気配があり、さらに重くなった。「クソッ」と毒づき、手でロープを引っ張って強引に動かす。ダクトの中にゴトッと鈍い音が響いた。ひやりとして一瞬息を潜める。深夜とはいえ不寝番の警備員はいるのだ。あまり大きな音は立てられない。

その時、前方にふと光が見えた。ダクトに等間隔で配置されている噴出口だ。祐司はずりずりとその穴まで這っていき下の廊下の様子をのぞいた。

と、警備員室にいるはずの警備員が左右を見ながらうろうろしている。どうやら音に気づいたようだ。祐司は警備員が消えるまでその場で息を殺して待った。

警備員が廊下の先へ去っていくと、再び歯を食いしばり死体を引きずりながらの匍匐前進を始める。気が遠くなるような時間の末、祐司は何とか和江の安置所までたどり着いた。

「プハッ……」

通気口のカバーを蹴り外し、埃っぽいダクトの中から身を乗り出す。腰のロープを外して部屋の中に飛び降りると、ロープの端を力任せに引っ張った。そのとたん死体が勢いよくすべり出してくる。

「うおぉぉ!」

死体は大量の埃をまき散らしつつ祐司の上に落ちてきた。重みを受け止め切れず、死体と折り重なるようにして床に倒れ込む。打ちつけた背中が痛い。クソみたいに重い。何より自分の上に死体が乗っている状況に叫び出しそうになる。

が、何とか堪《こら》えた。まだ廊下には警備員がいるかもしれない。油断は禁物だ。

「………っ」

祐司は死体をどかして素早く身を起こすと、和江の棺桶の蓋を開けた。そしてひざ下を残してビニールシートで覆った男の死体を渾身《こんしん》の力で持ち上げ、胸元まで白い布をかけられて安らかな顔で眠る母の上に乗せる。男の頭部を和江の足側に置き、和江の顔に男の足先が乗る形である。

見知らぬ男の遺体と重ねられた母の亡骸に、祐司は泣きそうな思いで訴えた。

「母ちゃん……ゴメン！　ゴメンな母ちゃん……!!」

心の底から許しを乞いつつ、引っ張り出した白い布で遺体を覆っていく。が、男の靴が飛び出しているせいで蓋を閉められそうにないと気づき、死後硬直のせいでぴったりとそろった男の両足を渾身の力で左右に開いた。

急げ急げ。自分を急き立てながら、和江の顔の両脇に落ち着いた男の足先も白い布でくるんでいく。その作業をしている最中、隣の安置所のドアをノックする音が聞こえてきた。

「…………!!」

そういえば夜中に葬儀会社の人間が棺の様子を見に来ると言っていた。

祐司は慌てて棺桶の蓋を元通りに閉め直すと、椅子取りゲームのような勢いで壁際の椅子に座った。

額の汗をぬぐい、手ぐしで髪を整える。さらに呼吸を落ち着かせ、ずっとそこに座っていたていを装おうとする。——フー、と大きく息をついた、その直後。

突然、スマホの着信音が響き始める。

「ん……？」

場違いにアップテンポなオクラホマミキサー。どこかで聞いたと考え、検問の時だと思い出す。

「そうだった！　しまった……！」

遺体の男のスマホだろう。検問に引っかかった時も、この音が後部トランクで鳴り出したため梶に疑われる要因になったのだ。それが今、棺桶の中から響いてくる。

そんな中、廊下から人の足音が近づいてきた。

「――――!?」

祐司は跳ねるように立ち上がって棺桶に飛びつく。再び蓋をずらし、隙間から手を突っ込むと遺体の胸元をまさぐってスマホを探した。

その間にも足音は近づき、ついにこの安置所の前に止まる。ドアのノックが響く。

冷や汗を流しながら手をさまよわせていると、死体のポケットの中に硬い物の感触があった。

（あった……!!）

これだ。まちがいない。つかんで引っ張り出し、鳴り続けるスマホの電源を切る。ほぼ同時にドアを開けて葬儀会社の男がふたり入室してきた。祐司はとっさに棺桶の上に身を伏せ、震える声を張り上げる。

「……母ちゃん、……なんでだよ、……早すぎるよ……っ」

そうしながら自分の身体で隠すようにして間一髪棺桶の蓋を閉める。葬儀会社の男たちの目には母親想《おも》いの息子に見えたのだろう。ふたりは感慨深そうに黙って眺めていた。

頃合いを見て、祐司は今気がついたとばかりに身を起こす。

「あ、どうも……。失礼、みっともない姿を……」

「いえ、こちらこそ急に入ってきてしまい申し訳ありませんでした。あのぅ、ドライアイスを交換に来たのですが……」

「……ドライアイス？」

「お棺の中の、ドライアイスを」

葬儀会社の男が、肩にかけた保冷バッグを指して丁重に言う。

「あ……あぁ、ドライアイス……」

ぎこちなく応じながら、祐司の鼓動はまたしても早鐘を打ち始めた。勘弁してくれ。今棺桶を開けられたらおしまいだ。

どうするどうするどうする……。ぐるぐると考え始めた端から男たちは近づいてくる。

「あぁぁ！」

祐司はそんなふたりの肩を抱くようにして押し戻した。

「ドライアイス……自分にやらせてもらえないでしょうか？」

「え？」

「最後くらい、母の世話は自分でやりたいんです！」

気迫を込めて詰め寄ると、男たちは気圧《けお》されたようにうなずいた。

「わかりました。どうぞ……」

保冷バッグと作業用の手袋を半ば強引にもぎ取った祐司は、ふたりをその場に残して棺の前まで戻り、手袋をつける。

「あの、やり方なんですけど……」

ふたりが近づいてくる気配を察した祐司は瞬時に振り向いた。

「大丈夫です！」

びくりとして足を止めたふたりへ、後ろへ戻るよう手を振る。

「……大丈夫です」

保冷バッグからドライアイスを取り出すと、一人がまたしても一歩前に出てこようとした。

「場所はあの――」

「大丈夫です」

「お腹《なか》と、胸の部分に……」

「……お腹と胸……」

祐司はふたりからは死角になるよう棺の蓋を開け、指示通り和江と男の遺体の隙間にドライアイスをひとつひとつ押し込んでいく。

作業を見守るふたりのささやき声が聞こえてきた。

「……ずいぶんと母親想いの人だな」

「…………」

頭がぐらぐらする。母親想いどころか、とても顔向けできない自責の念をねじ伏せて、いっぱいになった棺桶の中身を手で均《なら》していく。しかし人をはねて死なせた罪が暴かれる恐怖の前には、それも塵《ちり》のようなもの。

もう何も考えられない。考えたくない。身の内でうねる混沌《こんとん》とした感情に押しつぶされる前に、やることを終えた祐司は棺桶の蓋を閉めた。

葬儀会社の男たちが帰った後は、安置所の椅子にぐったりと腰を下ろした。しばらくぼんやり虚空を眺めていたものの、ふと思い出して棺桶から取り出した男のスマホを見る。

電源を入れていじってみたが、パスワードがわからず開けなかった。祐司は電源を切って自分のポケットにしまい込む。その時、ふいに入口で声がした。

「こんばんは」

「…………!!」

驚いて見れば、そこにはいつの間にか仙葉組の親分・仙葉泰《ゆたか》が立っていた。傍目《はため》には小柄で大人しげな老人に見えるが、今も現役のヤクザである。

「仙葉さん……どうしたんだよ」

「俺が葬式に出るわけにはいかんだろう」

祐司の問いにひっそりと笑い、仙葉は香典を渡してきた。二度三度の逡巡の末に受け取ってしまう。借金に喘《あえ》ぐ身で厚みのある封筒を無視するのは難しい。

だが今は彼との繋がりのせいで厄介な事態になっている。祐司はもそもそと言った。

「今あんたと会うのはマズいんだよ」

「どこぞの記者が嗅ぎ回ってるからか。手ぐらい合わさせろ」

仙葉は棺桶の前まで進むと静かに手を合わせる。

「顔見ていいか？」

「え、ちょっと……っ」

止める間もなく彼は棺の窓を開けてしまった。しかし死体の足に白い布をかぶせていたため、一見しただけでは違和感がない。祐司はホッと息をつく。

和江の顔を眺めたまま仙葉が言った。

「でも……少し肩の荷が降りたんじゃねぇか？　和江さんの医療費や介護施設費、バカになんなかったろ」

「おかげで借金地獄だよ」

祐司は壁に背を預けて投げやりに返す。棺の窓を閉め、仙葉はつぶやいた。

「和江さんはずっと言ってたよ。いつまでもこんなところにいたくない。地方のスナックで終わりたくない。あと少し金がありゃ、もうちょっとまともな暮らしができる。ずーっと最後までそう言ってたな」

「どうでもいい。……死んじまったら全部終わりだ」

そっけなく応じ、金に苦労し続けていた和江の人生を実感させる言葉の生々しさから顔を背ける。仙葉は壁際の椅子に腰を下ろした。

「砂漠にな、トカゲがいるんだよ」

「あ？」

「一面、なんもねぇ砂漠だ。そいつは昼間、前足と後ろ足の右と左を交互に地面に付けて立ってる。砂が熱いからだ。熱くなってきたら、ひょこ、ひょこ、と入れ替える。ひょこ、ひょこ、ひょこ……」

彼はしなびた手でひょこひょことトカゲの足の真似《まね》をした。

「そうやって日が落ちるまでじいっとしたまま、ひょこひょこひょこひょこやり続けてんだ」

「…………」

「だったらそんなとこ出て行きゃいいのに、そいつは出て行かねぇ。生まれてから死ぬまで、砂漠でひょこひょこやり続けるんだよ」

祐司は壁に寄りかかったまま、ずるずるとしゃがみ込む。

「……なんの話だよ」

仙葉は声を低めた。

「おまえ、砂漠から出てぇか？」

「……え？」

「だったら大金が必要だ。生き方まで変えられちまうくらいの大金がな」
ハ、と乾いた笑いが漏れる。
「どこにあんだよ、そんな金」

その瞬間、仙葉は歌うように言った。

「善明寺。あそこにはたんまりある」

「善明寺……あした葬式頼んだとこだ……」

「あそこの本家はここ一帯で一番でけぇ寺だ。中央の政治家との繋がりが強くて、偉い先生がわざわざ詣でにくる。こんな地方の寺なのに、そういった先生方から集まったお布施《ふせ》が死ぬほど貯《た》まってんだ」

意外でも何でもない話だ。祐司は肩をすくめる。

「知ってるよ。その莫大《ばくだい》なお布施が、寺の隠し金庫に眠ってるらしいな」

「そうだ。それ自体は問題ない。その金をまともに運用してりゃな」

「……あ？」

「偉い先生たちの汚れた金を、寺を使って浄化してやってる。そのマージンでさらに儲《もう》けてる。マネロンってやつだな」

政治家がまとまった金をお布施として寺に渡し、寺は手数料を取りつつそれを金庫で保管した後、宗教法人法に基づき記載義務のない何らかの形で政治家に返す。ありがちな手だ。

「ところがな……その金庫番の若い尾田《おだ》ってやつが金をパクって逃げたらしいんだ」

「いくらだ」

「わからんが、億は超える」

「…………」

「俺はその尾田って野郎の隠れ場所を知ってる」

「俺にどうしろってんだよ？」

「尾田をパクれ。芋づる式に警察があの寺をパクってくれりゃ、その事業は俺が引き継ぐ。どうだ？」

「どうだって……」

祐司は顔をしかめた。金は欲しいが、ヤクザの指示に従って警察権力を振りかざすなど厄介なことになる予感しかない。

「俺、昨日母親が死んだんだぜ。空気読めよ」

仏頂面であしらおうとした祐司を、仙葉はニッと笑って見つめる。

「砂漠から抜け出したくないのか？」

「………」

少し仙葉に協力するだけでまとまった金が手に入る。——甘美な響きの先を想像した。借金を返済し、生活に余裕ができる。美沙子とやり直すこともできるかもしれない。これを最後に仙葉とは縁を切り、今後はまっとうに職務を遂行する。何もかも知っている同僚から白い目を向けられることもなくなる……。

明るい未来は、しかし後ろ暗い協力と引き換えだ。祐司は楽観的な自分の予想に頭を振った。

ヤクザとの縁はこちらの都合で切れるものではない。仕事柄そのことはよく知っている。事の進み方次第で何をさせられるかわからない。甘い言葉で誘い、とことん利用して使い捨てるのが連中のやり口だ。

だが——誘いに乗らず安全にやり過ごしたとして、待っているのは借金と、死ぬまで続く孤独な生活。

一生そこで生きていくのか？

仙葉の問いはいつしか自分自身の声と重なり、行動を定める善悪の指針を揺さぶってくる。どちらを指すのか決めかねて曖昧に揺れ続ける針が仙葉の方を向く前に、祐司はもう一度頭を振った。

## 十二月三十一日　祐司

大晦日の朝、刑事課は忙しない雰囲気だった。朝イチでガサ入れがあるためだ。

昨夜仙葉が口にしていた尾田という男は、大麻の売人でもあるらしい。仙葉の言いなりになるつもりはないが、その話が本当であれば見逃すわけにもいかず、祐司はタレコミがあったとして刑事課の当直に連絡したのだ。

結果、現在二課が抱える薬物事犯との関連で裏付けが取れたため、速やかに家宅捜索となった次第である。

ちょうど祐司が自分の席に着いた時、同僚の川上《かわかみ》が飛び込んできた。

「これ見てください！　尾田創《はじめ》、二十九歳。過去に大麻の密売で逮捕歴ありました」

川上の呼びかけに応えるように刑事たちが集まってくる。配られた資料を見て久我山がつぶやいた。

「若いな」

「皆さん、顔憶《おぼ》えてってください」

ざわつく中、なにげなく資料写真に目を落とした祐司はぎょっとした。

「――……!?」

写真の中で、髪を金色に染めたやんちゃそうな若者が正面を向いている。もうすぐ三十になるとはとても思えない顔と、首のタトゥーには嫌というほど見覚えがあった。

「これ？　こいつが尾田？」

思わず確かめると川上が怪訝《けげん》そうにうなずく。

「はい。知ってるんですか？」

祐司は写真を見つめたまま声を絞り出した。

「……いや」

知っているも何も。二日前にこいつは車の前に飛び出してきた。自分がはねて死なせた当の相手だ。

愕然《がくぜん》としている間に、淡島が書類を片手にやってくる。

「おーい。ガサ状取れたぞ！」

「お！　早かったっすね」

迎える久我山に令状を渡し、淡島は刑事たちを見まわした。

「大晦日だからな。みんな早く休みたいだろ。さっさと終わらせてこい」

はい、と意気軒昂《いきけんこう》な返事を残し、皆がいっせいにフロアを出て行く。祐司も戸惑いながら続いた。

尾田を捕まえに行くようだが空振りは必至だ。何しろ本人は今、和江の棺桶の中にいる。もちろん口が裂けても言えないが。

真剣な面持ちの刑事たちと共に車に乗り込み、十分ほどで目的の場所に着いた。

「見えてきたな」

車中で久我山が指さした先は、やはり尾田をはねた現場に隣接する廃工場である。祐司は手で額を覆った。車はそのまま、まさにビニールシートを引っぺがしたトタン小屋の前を曲がって工場の敷地内に入っていく。

そこにはさびたドラム缶や、パーツだけになった自転車、見るからに壊れた家電といった粗大ゴミのようなものが所狭しと放置され、果てはクレーン車まで置かれていた。その中に、すっかりさびて茶色くなったトタン壁の建物と、コンクリート製の建物がある。トタン壁の建物の脇にはスポーツタイプの改造車が駐車されていた。

車から降りた刑事たちは、白い手袋をはめてすばやく散っていく。

「よし、おまえあっちまわれ」

「はい」

久我山に指示された松田《まつだ》が走り出す。課の最年少でまだまだ素直な若手だ。

他の刑事たちも身を低くして移動し、改造車が停まっている建物の周囲を固めた。

久我山は車内をのぞき込み、その陰に身を潜めるようにして建物の様子をうかがう。が、離れた場所でのんびり様子を見ていた祐司に気づくと、押し殺した声で咎《とが》めてきた。

「おい、工藤！　おまえもうちょっと隠れろよ」

「あ？　あぁ……」

生返事をしつつ、途方にくれる思いでつぶやく。

「でもなんかここにはいねぇ気がするんだよな〜」

「なんでだよ。おまえの情報だろ」

「でもやっぱりここにはいねぇ気がすんな〜」

祐司の意見は一顧だにされず、刑事たちはほどなくいっせいに廃工場内へ踏み込んでいった。

「どうだ？」

久我山の問いに松田が答えた。

「いませんね」

調べるまでもなく、そこには栽培されていたと思われる大麻の鉢が所狭しと並んでいた。だがすべて枯れている。さらにパソコンなどの置かれた一画に食べかけのインスタント食品やキャリーバッグが残されているのが確認された。

「何か急に逃げたみたいな感じですね」

「ガサ入れに気づいたのか？」

言葉を交わす仲間たちから離れ、祐司はこっそり廃工場を後にした。

しばらく歩いて自分が起こした事故現場まで来ると、入念に路上を見まわし、何かマズい物が落ちていないか確かめる。

あの時は強い雨が降っていたため血は洗い流されただろうが……。ぬぐいきれない不安を覚えつつうろつくうち、靴先が何かを踏んだ。ピアスだ。尾田のものかもしれない。

祐司はそれをポケットに入れようとした。

まさにその時、ポケットのスマホがメッセージの着信音を鳴らす。

メールでもSNSでもなく、ショートメッセージを送ってよこす相手など心当たりがない。怪訝に思って画面を開いたとたん、心臓がつかまれるような緊張に息を詰めた。

『知ってるぞ。おまえは人を殺した』

「………」

メッセージを見つめ、ごくりと音を立ててつばを飲み込む。

焦って周囲を見まわすが人気はなかった。動揺に頭が真っ白になる中、再びメッセージが来る。

『尾田という男だ。おまえは人殺しだ』

ドッドッと強く鳴り響く鼓動を感じながら返信を打つ。

『おまえ誰だ』

ほどなく三通目のメッセージが届いた。

『逃げられないぞ。俺は全部知っている』

「………」

誰だ。尾田の身に起きたことをなぜ知っている？　祐司が犯人だと、一体どうやって……？

強い不安に茫然としていると、背後で声がした。

「何してんだ」

「うぉっ…」

飛びのくようにして振り向く。いつのまにか久我山が傍まで来ていた。

「いやいや、やっぱ何もなかったな……」

「あぁ、そうだな」

久我山は悔しそうに応じ、あたりに目をやる。その目が近くの電柱に止まった。

「あれ？　監視カメラじゃないか？」

指さされた方を見れば、確かに電柱の上にカメラがある。

「―――!?」

今度こそ全身の血の気が引いた。ひき逃げの現場近くにあるカメラ。終わりだ。完全に詰んだ。失業、借金の単語が頭の中をぐるぐる回る。

その間にも久我山は「おーい！」と他の刑事たちを呼ぶ。

「どうしたんですか？」

「あそこに監視カメラがある。何か映ってるかもしれねぇな」

「あぁ！　そうですね。尾田が逃げたとこが映ってるかもしれないですね！」

無邪気に喜ぶ松田の首を絞めたくなる。

「よし、調べるぞ」

「はいっ」

久我山の鶴の一声でひとまずガサ入れは終了し、署に戻ることになる。

余計なネタを持ち込んだ仙葉を恨むも時すでに遅し。祐司は背中に冷や汗をだらだら流しながらその後に続いた。


カメラの所有者を調べ出し、映像を入手した松田が署に戻ると、すぐに久我山が横に張りついて確認を始めた。だがモニター画面を見るふたりは文句をこぼす。

「なんだよ、ひでぇ画質だな……」

「カメラ古いんですかね。いつ設置されたカメラかな」

ぶつぶつ言いながらも映像を巻き戻していき、尾田の姿が映っていないか確かめる。

祐司は少し離れた場所から落ち着かない気分でそれを見守った。ひき逃げは映っているだろうか。気になるのはそれだけだ。

と、視線を感じたのか久我山が振り向いた。

「あれ？　今日おふくろさんの葬式だろ？」

「まだ時間あんだ。……どうだ、何かわかったか？」

話しかけられたのを幸い、ふたりの後ろからモニターをのぞき込む。松田がつまらなそうに首を横に振った。

「いやーダメですね。ここ全然車も人も通んないですし」

その瞬間、久我山が「お！」と声を上げた。

「ちょっと待て。今なんか通ったろ。止めろ。そこ」

久我山の指示通りに松田が映像を操作する。巻き戻して再生された映像の中で、確かに黒っぽい車が画面を横切った。

「ん？」

「あれ？」

映像を見た久我山と松田が反応する。

「なんだ？　なんか今、変なとこでブレーキかけたな」

「もう一回」

巻き戻される映像の中で黒っぽい車が素早く後ろに下がっていく。もう一度再生された映像を見て久我山がつぶやく。

「これいつだ」

「おとといの夜です。けっこう雨降ってますね」

「…………」

そう。大雨だった。視界が悪くてブレーキも間に合わず……。頭がぐらぐらする。

ついに久我山が言った。

「オイ、この車のナンバー映せ」

「はい」

松田が一時停止をし、静止画像を拡大していく。

「もっと拡大しろ」

指示通りに車のナンバープレート部分が徐々に拡大されていく。祐司の胸の奥で心臓が跳ねまわった。

「もっと寄れ！」

最大まで拡大されたナンバープレートを見つめ、久我山がつぶやく。

「3、か……？」

祐司は「31－54」という自分の車のナンバーに近づけまいと、さりげなさを装いつつも震える声で割って入る。

「はっ、は、8かな……？」

「いや3ですよ。左側ないし」

涙ぐましい努力を松田がさらりと一蹴した。しかしふたりがどれほど目を凝らしても、残りの番号ははっきりしない。

　ややあって久我山が白旗を上げた。

「クソッ、読めねぇよ」

「これだとちょっと……」

「なんだよ畜生！」

　期待した分失望も大きかったのか、久我山が派手に毒づく。逆に祐司は心の底から安堵の息をついた。ぶつぶつ言う久我山の背後から「俺、もう行くわ」と声をかける。

「あ？」

「葬式あるから。喪主だから」

　晴れ晴れとした顔に、久我山が不審そうな目を向けてくる。画面の中の車の色が自分の車と同じであることに彼らが気づかないよう祈りつつ、祐司は署を後にした。

　善明寺分院に着いたのは、予定より三十分近く遅れてのことだった。入口ではすでに喪服姿の美沙子が、喪主が来るのを今や遅しと待っている。

　手前で車を停めて窓を下げると、走り寄ってきた彼女は眉を吊《つ》り上げ責め立ててきた。

「ねぇ！　なんで遅れてくるわけ!?」

「仕事だよ」

「早くしてよ！　……てか何この車」

パステルカラーの代車を見下ろして怪訝そうにする相手にかまわず、あたりを見まわす。

「美奈は？」

出先ではいつも美沙子の傍を離れないはずの娘の姿がない。焦る様子のない祐司に、美沙子は棘《とげ》のある口調で応じた。

「あんたの同僚の人に見てもらってる」

「あ？」

「後でお礼言ってよね」

「誰？」

「いいから早く来て、もう！　早く！」

今日が母親の葬式であることは刑事課の全員が知っている。その内の誰かがもう焼香に来てくれたのか。そう考え、ひとまず駐車場に向かう。

車を停めて運転席から降りようとした時、スマホに電話がかかってきた。画面を見ると「非通知設定」とある。

「…………」

祐司は再び運転席に座り直して電話に出た。

「……はい」

『おまえ人を殺しておいて、よく平気でいられるな』

何者かの声が、ざらりと神経をなで上げてくる。顔をこわばらせて祐司はうめいた。

「……誰だおまえ」

『おまえは終わりだ』

「何の話かわかんねぇな。いたずらなら切るぞ」

『電話を切ったら通報する。尾田をひき殺して死体を処分した悪徳警官がいますってな。なぁ工藤祐司』

「……おまえ、見てたのか?」

『あぁ、見てたよ』

「……じゃあ俺がどこに死体を埋めたのかも知ってんだな?」

『もちろん知ってる』

余裕たっぷりの返事に、祐司は声を立てて笑った。

「バカ野郎。俺はどこにも何にも埋めちゃいねぇよ! おまえな、ホントは何も見ちゃいないんだろ。勝手にほざいてろバーカ! バーカ!」

せせら笑って電話を切る。遺体のありかはバレていない。その確信が自信になった。たとえ通報されても証拠となる遺体がないのでは罪を立証できない。

だが——スマホをしまおうとした瞬間、突如運転席のドアが外から開けられた。

「——!?」

驚くのと同時に、黒い手袋をつけた拳が顔面に叩き込まれてくる。

「ふざけんな!!」

二度、三度と殴りつけた後に襟首をつかまれ、強い力で車から引きずり出された。

「調子に乗りやがって!　このクソガキが!」

鬼の形相で罵倒してきたのは、あろうことか監察官の矢崎である。地面に引き倒した祐司を、彼はくり返し殴ってきた。

不意を衝《つ》かれたこともだが、仕立ての良いスーツに身を包み虫も殺せぬ顔をしたキャリアの豹変《ひょうへん》ぶりに驚き、反撃の意気をくじかれてしまう。そんな祐司を矢崎は容赦なく蹴り上げてきた。わき腹に鋭い痛みが走る。

舗装されていない駐車場は、折からの乾燥のせいで埃っぽい。ふたりの間にはたちまち濃い砂埃が舞い上がった。咳《せ》き込みもがく祐司の胸ぐらをつかんで立たせ、彼は低い声で凄《すご》んでくる。

「尾田だよ。尾田の死体をどこへやったって言ってんだ!」

問いつつも、答える間もなく投げ飛ばし、また蹴り上げてくる。

「おいコラ、おまえがトランク入れたの知ってんだよ！」

際限ない拳と蹴りの連打を浴び、後頭部をしたたかに地面に打ちつけて視界が暗くなる。

「ちょっ……！　ちょっと待ってくれ！」

制止する祐司の顔を、矢崎はさらにめちゃくちゃに殴り続けてきた。

「おら吐け！　どこやったかって訊いてんだよ！　吐け！　吐け！　吐け！　吐けぇ!!」

わめきたて暴力をふるう様は完全に常軌を逸している。

痛みに連打された祐司がぐったり動かなくなると、矢崎はその髪をつかんで頭を引き上げ、車のタイヤを背に座らせた。そして砂埃で真っ白になった喪服を申し訳程度にはたく。

「いいか。よく聞け」

両手で祐司の頬をはさみ、矢崎は不穏に微笑んだ。

「渡さねぇとおまえの娘が消えることになる」

「………っ」

「持ってこい。今日の十七時までだ。いいな」

肩で息をしながら彼は祐司を放し、背を向けて歩き出した。

倒れた祐司は風に流れる埃越しに、なおも怒りに染まった背中を眺める。その向こうにある車の後部座席に、泣きそうな顔で窓を叩く美奈がいることに気づき、祐司はうめいた。

警察の人間が子供を人質に取るなど正気の沙汰と思えない。実際、自分を殴る矢崎の様子は異様としか言えなかった。そんな相手に美奈を奪われるわけにはいかない。

だが暴挙を止めようにも起き上がることすらできなかった。地面に転がる美奈の人形を踏みつけた矢崎が、車に乗り込むのをただ見守るばかりだ。

焦りと怒りで力を振りしぼり、地べたを這いずる祐司の目の前で、矢崎は車のエンジンをかける。悠然と方向転換をした後、車は祐司の鼻先をかすめるように走り去っていく。

軌跡を追って舞い上がる砂埃の中、人形だけがぽつんと駐車場に取り残された。

## 十二月二十八日　矢崎

　その日、連絡を受けた矢崎は、自身が管理人の役目を負う金庫に向け猛スピードで車を走らせた。

　途中、無駄と知りつつ音声アシスト機能を用いてスマホで通話を試みる。しかし案の定、相手の電話は留守電になっていた。

「尾田……電話に出ろ。今ならまだ許してやる」

　ひとまずメッセージを残し、現場に急ぐ。

「……クソが」

　善明寺分院の金庫室は、寺院裏手に広がる墓場の外れにある。目的地に到着した矢崎は、まっすぐに金庫に向かい、自分の背丈よりも大きな金庫の外扉と向かい合った。

　と、報告の通り、そこの鍵が勝手に開けられた形跡を前にして、子供の頃から消えたことのない眉間の皺がひときわ深くなる。

　犯人はわかっていた。尾田創。矢崎が指揮を執る資産管理会社の名簿上の社員である。

　だが何度電話しても無機的な留守番電話のメッセージに繋がるばかり。忌々しい思いでうなる。

「いや〜、尾田のやつ二重ロックってわかってなかったみたいですね」

金庫の前ではもう一人の社員である児島拓也《こじまたくや》が、iPadを操作し監視カメラの映像を確認していた。

シェルターと同じほど頑丈な外扉は二重構造になっている。映像の中で尾田は、ひとつ目の扉の鍵を開けた後、ふたつ目の鍵を開けようと四苦八苦している様子だった。

児島がくすくすと笑いながら言う。

「ふたつ目は矢崎さんの指紋じゃなきゃ開けらんないのに」

「………………」

まったく笑い事ではない。返事をせずにいると、児島は笑みを消してつぶやいた。

「すみません」

ふたつ目の鍵を開けることができなかった。それだけで諦めればよかったものを、あろうことか尾田はひとつ目の鍵を持ち逃げした。おかげで今、矢崎にも金庫が開けられない状況である。非常にマズい状況と言えた。

尾田は大麻密売で逮捕歴のあるチンピラだ。管理会社に引き入れたのは、脛《すね》に傷持つ人間であれば余計な詮索をされる心配もなく、いざという時に切り捨てるのも容易と考えてのこと。そういう意味では不正アクセス禁止法違反——いわゆるハッキングの罪に問われていた児島も同じだが、尾田は児島ほど賢くなかった。

「はい」

軽く一礼し、矢崎は本部長室を退出した。

植松は、自身を清濁併せ呑む大物と思い込んでいるだけの俗物だ。必要以上に顔を見たい相手ではない。矢崎を取り立ててやっているつもりだろうが実情は異なる。植松の方こそ、いずれ矢崎がのし上がる際の踏み台になるのだ。その未来を気づかせないよう今は従順に振る舞い、いい思いをさせてやろう。

隙なく身につけたグレーのトレンチコートの裾を翻し、足早に県警本部の廊下を歩く。年の瀬を迎えて浮かれた雰囲気の職員たちは、矢崎を目にするや即座に道を空ける。あるべき世界の姿を無感動に眺め、矢崎はそのまま外に出た。


次に向かったのは仙葉組の拠点である。住宅街の外れに位置する平屋の日本家屋は母屋と離れの間に広い庭を有している。枝ぶりの見事な黒松や、苔《こけ》むした石組みによって作られた池泉を含む古風な日本庭園である。

子分に先導されて屋根のある渡り廊下を進んでいくと、仙葉は庭の中にある四阿《あずまや》で待っていた。ひからびた面に笑みを浮かべて迎える。

「これはこれは。本部の方が私みたいなもんに会いに来て大丈夫なんですか？」

問いは、問題が起きた時だけ頼るこちらを揶揄《やゆ》するものだ。戯言《ざれごと》を無視し、矢崎は顔写真等の情報を記載した書類を大理石のテーブルに置いた。

「尾田創。二十九歳。こいつを見つけてほしい」

裏社会の人間のことは、地元の裏社会を縄張りとするヤクザに訊くのがもっとも手っ取り早い。だがこの老人は一筋縄ではいかない相手でもある。

「引退間際の老人ヤクザを当てにするなんて相当追い詰められてるご様子ですねぇ」

飄々《ひょうひょう》とした無駄口を遮り、矢崎は告げた。

「年内には絶対見つけたい。できるか？」

「……いくら出します？　そいつを見つけたら」

「一千万」

提示した金額に、仙葉の目がちらと光った。

「ガキのチンピラに一千万……。そいつ何をやらかしたんです？」

「あまり詮索しないでほしいんだが」

「……わかりました。必ず見つけますよ」

老人は聞き分けよくうなずく。彼らは反社会的な組織で、こちらはその活動に目をつぶってやっている立場。黙って言うことを聞くのは当然だ。

そう思いつつも、ふと胸をよぎる悪い予感に眉間の皺がまた少し深くなった。

その後は再び県警本部に戻り、先ほど植松に言われた裏金の件について、埃原署刑事課の資料にざっと目を通す。残業は苦にならないが、その日は定時に上がって帰宅した。

といっても名古屋市内にある3ＬＤＫのタワーマンションを自宅と思えたためしがない。暮らし始めてまだ日が浅いというのがひとつ。八千七百万円のこの物件が、植松からそっくり譲渡されたものであることがひとつ。入籍するというだけで、ほとんど知らない女が我が物顔で居座っているというのがひとつ。

母親とふたりで暮らしていたマンションを思い出し、ひとつ頭を振って家の鍵を開けた。

玄関は大理石。入ってすぐの場所にパキラの鉢植えが置かれている。ウッド調で統一された高級感あふれる室内には、控えめな音量でクラシックが流れていた。ベートーヴェン交響曲第九番ニ短調作品一二五第四楽章――いわゆる「歓喜の歌」である。

廊下を歩いてリビングへ入ると慣れない匂いが鼻をついた。

「おかえりなさーい」

矢崎の帰宅に気づくや、食事の支度中だった植松由紀子《ゆきこ》が明るい声で迎える。テーブルに料理の皿を置いた彼女は、いそいそと近づき抱きついてきた。何もかも西洋風だった実家の習慣だという。

「ただいま」

矢崎は特に抱擁を返すこともなく、立ったままリビングに目をやる。間接照明の広い部屋はまるでホテルのようだ。モダンアートの大きな絵画やフラワーアレンジメントが飾られている。

テーブルの上には、家庭料理としては慣れないものが並んでいた。パエリヤ、キッシュ、グラタン、バーニャカウダに白身魚のグリル。矢崎の母親が作る手料理とはまるでちがう。

「――――」

胸の中に漠とした不快感が広がっていった。

中学の頃に父親が収賄罪で逮捕されて以来、矢崎の生活は常に母と共にあった。プライベートな空間に他の人間がいるのは、はっきりと違和感がある。

おまけに両親に溺愛されて育った由紀子は、よく言えば素直で明るい、矢崎に言わせれば世間知らずで能天気な箱入り娘だ。植松は幾度となく娘をエリートの男たちと引き合わせたが、毎回どうにも縁に恵まれなかったという。

『親想いの優しい子なんだ』

植松の評は、出世のことしか頭にない矢崎にとってはどうでもよかった。どうせ自分は仕事に追われてほとんど家に帰らないはず。そう考えて結婚を受け入れた。

幸い由紀子も、常に控えめな態度で接する矢崎を気に入ったようだ。張り切って新しい生活の準備を進めている。

「もう少しでできるから待っててね」

「あぁ」

良い夫の顔でうなずき、荷物を置いてシンクで手を洗った。

その横で由紀子がスープをよそいながら切り出す。

「今日、パパに会ったんだって？　電話が来てね。『矢崎君がんばってるぞ』って言ってた」

「あぁ、ちょっと仕事でね」

微笑んで返しながらも、腹の底で小さな苛立ちが弾ける。表沙汰にできない金を守るため、チンピラを捕まえようとヤクザの家の戸を叩いた。確かに植松のためにがんばっている、いる。

いつものように不満を腹の底に封じると、矢崎は先に食卓に着き、由紀子の目に触れないようテーブルの下でこっそり尾田にメッセージを送った。

『今ならまだ間に合う。連絡しろ』

「お待たせ。……何かあった？」

最後の一品をテーブルに置いた由紀子が、小首をかしげつつ向かいの席に腰を下ろす。

メッセージの相手のことで顔が険しくなっていたのかもしれない。矢崎は表情を緩めた。

「ううん。何にも」

「あ、そうだ。明日、式で読む手紙書いたの。聞いてもらっていい？　食べながらでいいから」

そう言うと由紀子はエプロンのポケットから手紙を出して開く。

「あぁ」

矢崎は食事に手をつけずに耳を傾けるていで、テーブルの下のスマホを見た。やはり返事は来ない。

「はい。じゃあ読んでみるね。――お父さん、お母さんへ。今までずっと私を育ててくれてありがとう。私は一人っ子で、昔は兄弟がほしいと思っていたけど、でも今は良かったと思ってます」

リビングに由紀子ののんきな声が響く。その時、スマホにメッセージの着信があった。

画面に「尾田」と表示される。

由紀子に気づかれないよう、矢崎はすばやくメッセージを開いた。と。

『あの金出せないとヤバいことになりますよね。ざまあ　笑』

「…………！」

矢崎のこめかみに青筋が浮く。

「私はそのおかげで、お父さんとお母さんの両方からずっと一人で愛情を注いでもらえたと思っています」

由紀子は滔々《とうとう》と手紙を読み上げていた。時々ちらりとこちらに目をやってくる。あるかなしかの微笑みを浮かべてうなずきつつ、矢崎はテーブルの下で急いで返事を打った。

『今までおまえには色々としてやったはずだ』

尾田は、このあたりのナンバーワンキャバ嬢に入れ揚げていた。出所後、父親が遺した工場で性懲りもなく大麻を育て始めたものの上手《うま》く世話ができずに枯らしてしまい、また売人に逆戻り。それでも女のもとに通うのを止《や》められず、借金に苦しんでいた。

矢崎が尾田に声をかけたのはその頃だ。提示したのは管理会社への名義貸しと、矢崎が渡した金を政治家のもとへ運ぶだけの仕事。一回十万という報酬に尾田は飛びついた。楽して稼ぎ、その金をまた女に使っていたのだからバカは死んでも治らない。

まさにその考えを読んだかのように、尾田からメッセージが返ってくる。

『でもオレのことバカにしてたよね』

「…………」

「私が大きな病気をした時に、お父さんは単身赴任中だったのに毎週帰って来てくれて……っ、あの時は本当に、嬉《うれ》しかった……っ」

手紙を読みながら由紀子は声を詰まらせる。その頬に涙がこぼれる。今の矢崎には癇《かん》に障るものでしかなかった。気を取られて尾田への返信がすぐに打てない。苛立ちが増していく。

「私は今日結婚して、植松由紀子から矢崎由紀子になります。でもお父さんとお母さんの娘であることは、永遠に変わりません」

涙声が邪魔だ。尾田に言ってやりたいことが山ほどあるというのに考えがまとまらない。

返事を打つ前に再びメッセージが来た。

『自業自得だよ。破滅してください』

「お父さんお母さん、今まで私を育ててくれて――」

『ところであした式だっけ？』

「本当にありがとう」

『おしあわせに　笑』

「――……!!」

ぐらぐらと沸騰する怒りで目がくらんだ。

(舐《な》めた口ききやがって……!!)

無学で度胸も知恵もない尾田が、ひとりでこんな大それたことを思いつくとも思えない。どうせ女の入れ知恵だろう。口車に乗って身を滅ぼすなどいかにもあいつらしい結末だ。

調子に乗っていられるのも今のうち。カスの分際で自分をコケにしたことを死ぬよりも後悔させてやる。

こめかみに浮いた青筋をぴくぴくと震わせながら固くそう誓う。

一方で、手紙をたたんだ由紀子が物問いたげに見つめてきた。気づいた矢崎はとっさに微笑みを浮かべる。

「感動した」

そう伝えると、由紀子は涙をぬぐい、照れるように笑った。

# 十二月二十九日　矢崎―2

チャペルを模した式場に入場曲が鳴り響く。

新郎である矢崎はグレーのタキシードに身を包んでいた。気に入りの黒手袋をつけることもかなわず、ひらひらした白い手袋を握りしめている。親族席の端にいる母親と目が合った時だけ、わずかな微笑みを浮かべた。それ以外は早くも式の終わりを待ち望む気持ちで立ち続ける。

式場の入口から真っ白なウェディングドレスをまとう由紀子が植松と共に姿を見せると、参列客がいっせいに拍手を始め、スマホのカメラを向け始めた。祝福の中、ふたりは一歩ずつゆっくりとバージンロードを進んでくる。やがて祭壇の前で待つ矢崎のもとへやってくると、植松は運命を共にすることとなった娘婿を微笑みつつ見据えてきた。

娘を幸せにしろ。そして俺の足を引っ張るような真似をするな。

上下関係のはっきりした握手を交わし、矢崎は託された由紀子の手を受け取る。それから三十分、矢崎は神妙な顔で祭壇の前に立ち続けた。

しかし式が終わるや否や、トイレに行くふりをして由紀子から離れ、人気のないテラスに出て尾田にメッセージを送る。

『俺がいないとあの扉は開かない。諦めろ』

スマホを睨んで苛立ち混じりのため息をついた時、煙草《たばこ》の匂いに気がついた。テラスの下に喫煙所があるようだ。誰かいるのだろう。声が聞こえてくる。

「っていうか普通二十八日までなんだよ。結婚式なんて」

「常識的には、ですよね」

「そう、常識的には」

下をのぞくと、埃原署の署長である波川の姿が目に入った。前にいるのはおそらく刑事課長の淡島だろう。昨日目を通したばかりの資料を思い出す。

「それをこの年末にやるってことが上級国民ですよね」

淡島のつぶやきに波川が笑う。

「上級なのは植松本部長だけだよ」

「けど本部長の一人娘に手を出しますかね」

「まったくな。完全に出世のためだろうなぁ」

「………」

言いたい放題の揶揄に神経がささくれ立っていく。自分が上級の国民であることは否定しない。隠れて陰口をたたくしか能のない下層民とはわけがちがう。

だが手を出したというのは事実に反する。どちらかといえば植松に取り込まれる形でこうなった。

監察官となって早々に矢崎は植松の不正に気がついた。問われた植松は、矢崎に仕事を手伝わせ娘を与えることで手駒として懐柔したのだ。

矢崎にとっても悪い話ではなかった。まずまずの資産家の家に生まれ、才覚にも恵まれ、幼い頃から勝ち組の道を歩いてきた。だがそのまま世間の花道を進む人生は、父親の逮捕によってあえなく潰《つい》えた。犯罪者の家族として零落するや、それまで親しくしていた周囲は手のひらを返したように陰惨な悪意をぶつけてきた。

矢崎の野心の根底にあるのはこの時に深く刻まれた屈辱だ。

努力に努力を重ね再びここまで這い上がってきたのは、自分と母を痛めつけた者たちを見返してやろうという反骨心と、出所してすっかりみすぼらしくなった父親を目にした際の衝撃ゆえ。

自分は決して父親のようにはならない。上へ上へとのぼり詰め、国家権力という絶対的な力を手に入れてみせると誓ったのだ。こんなところで躓《つまず》いているわけにはいかない。

「…………」

イライラした気分でため息をつく。

五分待ったが尾田から返事はない。矢崎は仕方なく由紀子のいるラウンジへ戻った。ちょうどお色直しに向かうところだった彼女を、植松と共に見送る。娘の姿が見えなくなると、植松は豪奢《ごうしゃ》なソファに腰を下ろした。

「どうだ？」

矢崎はその前に立つ。

「探させてます」

「飼い犬は一度手を噛《か》んだらもう処分した方がいい。尾田ってやつを見つけたら、わかってるな？」

「はい」

元よりそのつもりだ。こちらの弱みを握る裏切り者を放置するなど、爆弾を抱えて生きるようなもの。自分の将来のためにも尾田の口は封じなければならない。

重い沈黙が下りた時、係員の女が近づいてきた。

「矢崎様、失礼いたします。当ホール特製の、新郎新婦様の手形のオブジェを作成いたしますので、こちらにお願いします」

女は笑顔でそう言うと、手にしていた白い粘土板を差し出してくる。

「手形？　あぁ、そうだったね」

式場の特典としてそういうものを作ると事前に聞いていた。矢崎は係員が持つ型取りの粘土に自分の片手を押しつける。

「これでいいかな」

「はい。お色直しが終わりましたら新婦様からも頂戴しますので」

「いいじゃないか。いい記念になりそうだ」

植松が目尻を下げて言う。どこがだ。矢崎は心の中だけで応じた。

粘土の表面にしっかりと取れた手形を確認し、係員はにこやかに微笑む。

「はい。ありがとうございます」

折り目正しく黒いスーツをまとい、丁寧にお辞儀をして去っていく女を見送ってすぐ、披露宴用のドレスを身につけた由紀子が母親とラウンジに姿を現した。

矢崎はすかさず顔に微笑を張りつけて迎え、手形のことなど忘れてしまう。再び思い出したのは、披露宴の最中だった。

ひな壇に座る新郎新婦の横で、司会が高々と宣言したのである。

「では、ここでスペシャルイベントを行いたいと思います！」

百名以上の招待客から拍手が湧き起こる中、式場の係員が型取り用の白い粘土を運んでくる。矢崎はあっけに取られた。

「ふたりの愛が永遠に続くように、おふたりの手形のオブジェを作成したいと思います！」

テンションの高い司会のアナウンスに会場は盛り上がる。運ばれてきたのは、先ほどのものよりも大きな粘土板だった。ふたり分の手形を一緒に取るようだ。

由紀子が嬉しそうに笑顔を浮かべる。しかし矢崎は狐《きつね》につままれたような心地だった。そして少しずつ、何が起きたのかを理解する。同じく表情をなくした植松と目が合った。彼も同じことに気づいたようだ。

何者かに矢崎の手形を取られた——隠し金庫の、ふたつ目の扉の鍵となる指紋を。由紀子が先に粘土板に手のひらを押し当てる。その次に矢崎。周りの拍手の中、何とか動揺を押し殺し、こわばる顔に無理やり笑みを浮かべた。そうでないと叫び出してしまいそうだった。

低能な泥棒にまんまと嵌められた。加えて、望んで出席しているわけでもないバカ騒ぎに付き合わされているために、今すぐ手を打つこともできない。

幾重にも噴出する深い憤りと焦燥に眩暈がする。

（落ち着け……、落ち着け……！）

披露宴が終わるや、矢崎は会場の外に飛び出していった。そのまま建物中を走りまわって最初に手形を取った係員の姿を探すも見つからない。

こうしてはいられない。スマホを取り出し児島に電話をかける。コール数回でつながった。

『あ、矢崎さん。お疲れ様です』

矢崎は低い声で告げる。

「尾田がそっちに行くかもしれない。俺もすぐ行く」

『え？　マジっすか？』

　焦った声音で答えた後、ひと呼吸置いて相手はくすりと笑った。

『……つーかもう来てますよ』

「────……」

　矢崎は息を呑んだ。一瞬の空白の後、静かに問う。

「……おまえ尾田か？」

　児島のスマホで尾田が電話をしている。それがどういう状況を意味するのか考えるまでもなかった。児島は力尽くで金庫を開けさせられたにちがいない。金の一部も取り出されている可能性がある。

　だが尾田の嘲笑は矢崎の予想をさらに超えていた。

『あんたの指紋使って、児島がセキュリティの認証変えてくれたから。これであんたはあの金庫の扉開けることはできなくなっちゃったね。偉い先生から預かった金なのにねー！』

　くすくす笑み混じりの揶揄を受け、スマホを握る手に力がこもる。

『困っちゃいますね。命ありますかねぇ？』

「なぁ尾田、おまえ自分が何したかわかってんのか。あぁ？」

尾田は耳障りな笑い声で応じた。

『矢崎さん、あんたもう終わりだ。ざまぁ！　バーカ！　イェェェェェァ!!』

「………!!」

このゴミ必ず殺してやる。

燃え立つ怒りに顔を歪《ゆが》め、矢崎はツーツーと鳴る電子音を聞く。カスだチンピラだと見下していた相手に出し抜かれた屈辱は、相手の命をもってしか晴らすことはできない。己の罪と愚鈍さをよく後悔させてから地獄へ送ってやる。

改めて自分に誓うと、矢崎は会場に向け重い足取りで戻っていく。そしてきっちり十分後、植松に会場の外に連れ出された。

「ボケが……何してんだこの野郎……！」

押し殺した声での静かな恫喝《どうかつ》を甘んじて受ける。植松は怒りに青ざめていた。不甲斐《ふがい》ない娘婿の真っ白な革靴を、全体重をかけた革靴の踵《かかと》でぎりぎりと踏みしめてくる。

足の骨が折れそうな痛みを、矢崎は歯を食いしばって堪える。

「……申し訳、ありません……っ」

「この金が戻ってこなかったら俺は終わりだ。もちろんおまえも終わりだ。わかってるよな」

「はい、……ぐぅぅ……っ」

さらにぐりぐりと足の甲を踏み潰され、ついに痛みにくずおれた。そんな矢崎を、植松は両手で支えて立たせる。娘婿を抱擁する義理の父の素振りで、彼は矢崎の耳元でささやいてきた。

「大丈夫だ。落ち着け」

「はいっ……」

「おまえが尾田を見つけて、消す」

「はいっ……」

「鍵を取り戻す」

「はいっ……」

「これで何も問題ない」

「はいっ……」

「ないよな?」

言い聞かせるような植松の問いへ、必死に首肯する。

「はいっ……」

そこに由紀子がやってきた。いたって能天気な声で割って入ってくる。

「パパー!　先生が一緒に写真撮ろうって!」

植松は一転して朗らかな笑みを浮かべた。

「あぁ、すぐに行くよ」

娘のほうに向けて歩き出しつつ、去り際に矢崎を見据えてくる。

「今日中だ。わかってるな」

「……………」

だまってうなずいた矢崎は、笑顔で会場へ戻っていく父娘《おやこ》の後ろで、声を殺して足の甲の痛みにうめいた。と、そこに電話がかかってくる。仙葉だ。急いで通話ボタンをスワイプした。

「はい」

『仙葉ですー。矢崎さん、あんたかなり運がいいですよ。尾田って野郎の隠れ場所、うちの若いもんが見つけました』

「……………！」

矢崎は天を仰ぐ。悪くなる一方の状況の中、それは願ってもない吉報だった。

「本当か？」

仙葉はゆったりと応じる。

『尾田は裏で売人をやってましてね。水商売してる女を使って売りさばいてたらしいんですわ。その女をつけさせたら場所割れましたよ』

「そうか、助かった。で、場所はどこだ」

『教えますよ。ただねぇ、一千万じゃ足りないかな』

「……あ？」

『調べさせてもらいました。いやあデカイな。あんた、ずいぶんデカイ金動かしてますねぇ』

「……誰から聞いた」

『見つけ出した報酬は一億。一億払ってもらいましょうか』

しわがれた声は欲に湿っていた。相手の弱みに付け込むのはヤクザの本能。改めてそれを痛感し矢崎の眉根に寄る皺がまた深くなる。だが実際こちらに選択肢はない。

「……尾田に持っていかれたら金はねぇぞ」

『ええ。そこは手を打ってありますからご心配なく』

「………………」

朗らかな仙葉の返答には立場が逆転したことへの余裕がにじみ、それもまた矢崎を苛つかせる。だがすでに仙葉の手下が善明寺に送り込まれ金を守っていると思えば、何とか安堵を覚える。

そしてくり返しふざけたメッセージをよこした尾田の末路が見えて溜飲《りゅういん》が下がるのも事実だった。

日が落ちてすっかり暗くなった頃、雨が降り出した。披露宴その他の苦行から解放されるや、矢崎は仙葉に教えられた市内の廃工場に向かった。尾田が死んだ父親から継いだもので、今は女とそこに潜伏しているという。

トタン壁の大きな建物に足音を忍ばせて入っていくと、がらんとした屋内には明かりが灯《とも》っていた。眼鏡越しに目を細めれば、キャリーバッグの傍でインスタントスープをすする女の姿がある。

「つーか尾田、おそ……」

小さくつぶやいた女は、スープの容器を置いてスマホを操作した。電話をかけようとしているのか。矢崎は物も言わずに眺めた。

気配を感じたのだろう。なにげなく振り向いた彼女が、息を呑んで腰を浮かす。

「………!!」

最初に手形を取りに来た式場の係員と同じ、明るい茶髪。派手な化粧と服装のせいで印象が異なるが顔も同じだ。まちがいない。

「尾田は？」

低い声で訊《たず》ねながら矢崎は中へ入っていった。

「………」

「金を取りに行ったのか？　ん？」

「………」

矢崎の登場がよほど予想外だったのか、あるいは濡れそぼったトレンチコートの男に恐怖を感じているのか。女はスマホを持ったまま、大きな目を丸くしてただただ固まっていた。

入口を背に、矢崎は逃げ道を塞ぐようにして女の前に立つ。

「どうなんだ!!」

急に声を荒らげると、彼女は怯《おび》えたように無言で何度もうなずいた。

「じゃあ、ここへ戻ってくるか?」

女は再びびくり返しうなずく。茶色い髪が肩口で揺れる。尋問への手ごたえのなさ。ナンバーワンキャバ嬢として、男たちから湯水のように金を吸い上げる夜の女とも思えない。

尾田の趣味もこの程度か。そう嗤《わら》いつつ、そんなふたりに足元をすくわれたことへの苛立ちが余計に深まる。

その時、外に車の停まる音がした。ドアを閉める音の後、騒がしい足音が駆け込んでくる。

「おい真由子《まゆこ》! 無理だ。善明寺に仙葉組のやつらがいて金庫に近づけない! 聞いてた話と違う!!」

尾田だ。矢崎の姿には気づかずに、真由子と呼ぶ女に向かっていく。

矢崎は音もなくホルスターから拳銃を抜き、相手の背中に向けた。

「おい、尾田……」

静かに呼びかけると、振り向いた尾田の喉がヒュッと音を立てる。

「………!?」

矢崎はこの二日間の憤りを噛みしめ、立ち尽くす相手を睨みつけた。

「おまえに目をかけてやった俺がバカだった。死んで償え」

「……マジかよ……」

棒立ちになった尾田の顔が恐怖にこわばる。矢崎はためらうことなく引き金に指をかけた。

が、ほぼ同時に、我に返った真由子が矢崎の背後からキャリーバッグを投げつけてくる。

「――――!!」

重量のあるバッグの衝撃に矢崎が体勢をくずすと、彼女は出口に向けて一目散に駆け出した。それを見た尾田も慌てて踵を返す。矢崎は尾田の背中に向けて銃を撃った。工場内にパン！　と乾いた音が響く。だが当たらなかった。

「うああああっ!!」

尾田は叫び声を上げて外へ逃げていく。矢崎も走ってそれを追った。外は暗い上に雨が降り視界が悪い。だが尾田の居場所はすぐに知れた。

「あああああっ!!」

叫び声をたどれば、車道に向かって走る姿が目に入る。矢崎はその背中に向けてもう一発撃った。と、今度は「うあっ!!」と悲鳴が上がり、尾田が右腕を押さえる。しかしよろめきながら、尾田はなおも車道に向かって走った。立ち止まった矢崎は、よく狙ってもう一度引き金を引く。

短い銃声と共に、尾田はつんのめるように前に倒れそうになった。今度は当たったと確信する。さらにもう一発。

二発を背中に当てたものの、尾田は惰性で走りそのまま車道へ飛び出していく。ヘッドライトが目に入る。

あっと思った瞬間、鈍い音と共に車にはね飛ばされた尾田が宙を舞った。

「――――!!」

矢崎はとっさに身を伏せて隠れる。そんな中、車から降りてきた男が尾田のもとへ走っていった。

矢崎は物陰に身を隠してそれを見守る。面倒なことになった。通報されて警察が来れば尾田の銃創に気づかれるかもしれない。いやそれよりも鍵だ。尾田が所持しているはずの鍵を回収できなくなってしまう。

（いや、待て……）

どこの遺体安置所に運ばれたかを交通課から聞き出し、警察の人間として訪ねれば鍵は取り返せる。この件に矢崎が関わっているなど誰も知らないし、気づかない。大丈夫。問題はない。

頭の中で素早く計算している間に、車道の向こうからパトカーが近づいてきた。たまたま通りかかったようだ。暗がりに身を伏せてうかがっていると、あろうことか車の運転手は尾田の遺体を廃小屋の陰に引きずり込む。不審に思っている間にパトカーは事故に気づかず去っていった。

すると男は遺体を手早くビニールシートで包み、車のトランクに押し込んでしまう。

「あ、ちょっと……!?」

矢崎は思わず飛び出してそれを止めようとしたものの、その前に男は車に乗り込んで出発してしまった。雨の中みるみるうちに遠ざかっていくテールランプに歯噛みする。

「あいつ、持っていきやがった！　クッソ……！」

これでは鍵を回収できなくなる。矢崎は慌てて自分の車に戻り、遺体を乗せた車の後を追った。

しばらく尾行を続けていると、行く手に検問が見えてくる。毎年年末に県下で行われる飲酒運転の検問のようだ。

車を停めると、なぜか男が警察官たちと揉み合っている光景が目に入った。

「……何やってんだ？」

埒《らち》が明かない。男が警察官に催涙スプレーを噴きつけられるに至り、矢崎はクラクションを鳴らした。さらに車を降りて乱闘の場へ近づいていく。

「県警本部の矢崎です。大丈夫ですか？　何を揉めてるんですか」

名乗りを上げると警察官たちの間に動揺が走った。

男を押さえつけていた警察官も手を放し、直立不動で敬礼をする。

「これはどうも！　埃原署交通課の梶と言います！」

次いで押さえつけられていた男が、手で目を押さえながらぶっきらぼうに言った。

「同じく刑事課の工藤です」

「……刑事課？　あなた、埃原署の刑事課？」

矢崎は眉根を寄せ、無精ひげの生えた人相の悪い男を見つめる。

刑事だったのか。どうりで遺体を運び出す手際に無駄がなかったわけだ。おまけに昨日植松に任された裏金疑惑がある部署ときた。ちょうどいい。

工藤は死んだ母親の顔を見た後で署に戻ると言い置き、逃げるように車を急発進させて去っていった。

自分の車に戻った矢崎は、県警本部の警務部に電話をかける。

「あぁ矢崎です。例の埃原署の件ですが、私がこれから署へ行って調べておきます。ええ」

署に戻ってきた工藤を捕まえ、何とか事故の自白を引き出して遺体をトランクから出すよう仕向けよう。身内の恥を世間に晒《さら》すつもりはなく、内々に処分すると約束すれば応じるはずだ。

尾田を始末した。鍵を取り戻す算段もついた。

埃原署に向かう矢崎の心は軽かった。まっすぐ刑事課に向かい、工藤を待つと告げる。

しかし三十分ほどたった頃、矢崎は手ぶらで、苛々と頭に血を上らせて署を出てきた。

工藤が、今夜中に署に来るという口約束をあっさり反故《ほご》にしたのだ。

明日の朝に来ると言っていたが、それは時間稼ぎではないのか。無駄な努力が裏金を隠す工作に費やされるならいい。だが、あるいは……。

深刻な懸念に顔を曇らせて署から出てきた矢崎を、自家用車に乗った植松が出迎えた。

彼は車に乗るよう無言で促す。そして矢崎を貯水池へ連れて行った。

市郊外の人気のない高架下にあり、いつも密談をする際に利用する場所だ。

貯水池に着いて車から降りると、矢崎はここに至るまでの顚末《てんまつ》を報告した。仙葉のおかげで尾田を見つけて射殺したものの、不運な事故が起きて鍵は取り戻せずにいる……。

話を聞くうちに植松の目蓋がぴくぴく痙攣《けいれん》を始めた。

「それでその刑事に死体を持ってかれて、今はどこにあるのかすらわからねぇってことか？」

「はい。ですが明日の朝その刑事に会いますので、どうにか説得して取り戻します。申し訳ありません」

深く頭を下げる矢崎の目の前で、植松は後部トランクのドアを開けてゴルフクラブを取り出した。それを高々と振りかざし、物も言わずに矢崎を殴りつける。もんどりうって倒れ込んだ矢崎に、彼は怒髪天を衝く勢いで怒鳴った。

「おまえはどこまでバカなんだ！　おまえがこんなダメ野郎だとは思わなかった！」

「………………っ」

「情けねぇよ！　自分が！」

嘆きながら、興奮しきった植松はゴルフクラブで何度も殴りつけてくる。

「てめぇみたいな、バカを、拾った、自分が、情けねぇ！」

一語一語と共にゴルフクラブを振り下ろす。矢崎は頭を抱え、ひたすら身体を丸めて耐えた。

「おまえは俺に忠実だろうと思った。だから目をかけてやったんだ。だがただのバカだった！」

「…………！」

　されるがままの矢崎を、植松は怒りに任せて際限なく打ち据える。振り下ろされるたびに生じる痛烈な痛みにうめくこともできない。沸騰するような屈辱に震え、目の前が血の色に染まる。夜闇にも紛れることのない鮮烈な赤が世界を包み込む。これは誰の血だ。

「おまえなんぞに娘をやるんじゃなかった。もうちょっと使えるやつだと思ったけどな。もういい」

　やがて植松が肩で息をしながらゴルフクラブを下ろす。小ばかにするような口調で吐き捨てる。

「年が明けたら娘とは別れろ。出世の道もあきらめろ。……おまえはもう終わりだ」

　その瞬間、矢崎の頭の中で、常にぎりぎりまで張り詰めていながら紙一重のところで保《も》たせていた神経のちぎれる音がした。

　終わり？

　赤い世界の中でうめきながら頭を振る。

（終わりなのは俺じゃない。俺じゃない……）

　そうくり返す矢崎の脳裏で、第九の第四楽章が静かに流れ始める。

おお友よ、このような音ではない！
もっと心地よい
歓喜に満ちあふれる調べに声を合わせよう

車に戻っていく植松の後ろで矢崎はゆらりと身を起こした。

ゴルフクラブの乱打が、くだらない忍従に甘んじていた自分の目を覚まさせた。植松が自分を拾ったのではない。自分が植松の不正に目をつぶり、生かしてやったのだ。すべての罪を押しつけられ切り落とされるトカゲの尻尾になどならない。

矢崎は背後から植松の肩をつかむと、振り向いた相手の顔を思いきり殴りつけた。

「おっ……!?　おまえ……!?」

自分で殴っておきながら、反撃は想定していなかったのか、植松が驚愕《きょうがく》の面持ちで振り仰いでくる。その相手を矢崎は無言で再び殴りつけた。

植松が倒れるとその上に馬乗りになり、さらに勢いを増した拳を振るい続ける。拳に痛みを感じるほどにもっともっとという感情をかき立てられた。獰猛《どうもう》な憤激の嵐が身体の中で荒れくるう。しかし赤く染まった思考は凪《な》いだまま。

喜びも高揚もなく、矢崎は無言でひたすら植松を殴り続けた。相手が意識を失い、無抵抗になっても執拗《しつよう》に拳を見舞い続ける。

血まみれの相手を力いっぱい打ち据えながら胸中でひとりごつ。

俺は自分より目下の人間にバカにされるのが何より嫌いなんだ。

痣《あざ》でサッカーボールのように腫れ上がった顔に工藤や尾田の顔が重なる。矢崎の打撃がますます勢いを得ていく。

頭の中で流れる歓喜の歌は、まさに合唱の長いフェルマータにさしかかっていた。

steht vor Gott!　vor Gott!　vor Gott!

フォルテッシモの華やかな歌声とティンパニー。血まみれの植松を殴る音。尾田を撃った銃声。尾田をはねた工藤の叫び声。

矢崎の世界の中ですべてが混ざり合い、歓喜の名のもとに高らかに鳴り響いた。

# 十二月三十一日　祐司―2

善明寺分院の男性用トイレの鏡に映った自分の顔は惨憺《さんたん》たる有様だった。至る場所に痣と傷ができており、所々血がにじんでいる。

祐司は忌々しい思いで古びた小さな洗面台の蛇口をひねり、水で血を洗い流す。

突然現れた矢崎によって反撃もかなわず殴られ続け、向こうにかすり傷ひとつ負わせることなく美奈を拉致された。なす術もなくそれを許した自分に何よりも腹が立つ。

「………」

もちろんこのままではすまさない。ふつふつと滾《たぎ》る怒りと焦燥を抑え込み、頭の冷静な部分で今後の算段をつけていく。

『尾田だよ。尾田の死体をどこへやったって言ってんだ！』

『持ってこい。今日の十七時までだ。いいな』

矢崎の目的は尾田の遺体だった。おそらくどこかで祐司の事故を目撃し、トランクに入れて持ち去ったところまで見届けたのだろう。

尾田の遺体を求めた時の矢崎の様子は常軌を逸していた。県警本部の監察官がチンピラの遺体をほしがる理由など見当もつかないが、組織を通さず非公式に接触してきたということはろくでもない理由にちがいない。

監察官でございという顔をしておきながら、裏ではやることをやっているというわけか。あげく尻に火がつき五歳の子供を連れ去った。

（クズが……！）

まだ負けたわけではない。すっかり人相の悪くなった鏡の中の自分を見据えてそう考える。

トイレを出た祐司は、美奈が残した人形を手に寺の入口に向かった。そこでは喪服に身を包んだ美沙子が記帳や会葬返礼品の準備をしている。

近づいていくと、祐司に気づいた彼女が目を丸くした。

「なにその顔……」

つぶやいた後、祐司が手にする汚れた人形を目にして息を呑む。

「え？」

「――……」

明らかに暴行を受けた祐司の顔と、ただならぬ素振りで黙り込む様子に異変を察したらしい。

「……なに？」

顔色を変える美沙子を寺の裏にある墓地へ連れて行き、美奈が連れ去られたことを話す。彼女はパニックになった。

「……えっ？　どういうこと？」

「だから、葬儀が終わったら美奈を連れ戻す。心配すんな」

「心配すんなって、それってどういうこと？　美奈はあの人に誘拐されたってこと？　ねぇ答えてよ」

「だから！　心配すんな、大丈夫だ」

押しつけるように言うも、そんなもので納得するはずがない。美沙子は人形を抱きしめてさらに詰め寄ってきた。

「何が起きてんの？　ねぇ！」

「…………」

答えない祐司を、彼女は声を震わせてなじる。

「なんなの、もう……!?　なんで？　なんであなたといるとこんなことになんの……!?　美奈に何かあったら絶対許さないからね！」

「…………」

子供を奪われた母親の激昂《げきこう》に、返す言葉もなく黙り込む。何を言っても無駄と思ったのか。美沙子はそんな祐司をしばらく睨みつけていたかと思うと、人形を抱いて走り去っていった。

そんな中、僧侶が葬儀の始まりを告げに来る。祐司は寺の本堂に向かい、祭壇脇に設けられた遺族の席に着いた。

痣で腫れた顔に僧侶や弔問客が息を呑む気配がする。だがこちらはそれどころではない。

棺の中にある尾田の遺体をどうにかして取り出さなければ。式の間、祐司の頭の中を占めていたのはそれだけだった。

参列客の中には淡島と久我山の姿もあった。仕事を抜けて来たようだ。久我山が何やら厳しい視線を送ってくる。物言いたげだったのは、喧嘩だけでは説明のつかない顔の痣のせいか。

祐司はその視線を無視し、行動を起こすべきタイミングを計りながら和江の棺を眺める。

葬式が終わると、一同は外に出た。美沙子は遺影を抱え、祐司が位牌《いはい》を持って先に出る。

他の男性の参列客は出棺にあたって棺桶を担ぐ。葬儀会社の竹原の呼びかけに応じて集まった彼らは、いざ棺桶を持ち上げた際、思わずといった様子でよろめいた。

「うわ！　重いな……」

淡島のつぶやきは皆の心情を代弁していただろう。棺を運ぶ男たちの顔は苦悶に歪んでいる。

（……ふたり入ってるからな）

祐司は平静を装いつつ、内心ハラハラしながら担がれた棺が霊柩車《れいきゅうしゃ》に納められるのを見守った。

役目から解放された弔問客が肩や腰をさする。そんな中、やはり久我山だけはじっと祐司を見つめてきた。一体何なんだ。そう思いつつ、心当たりがないわけでもない祐司は、まっすぐな視線から逃げるように葬儀会社のバスに乗る。

その場にいた全員が手を合わせる中、霊柩車とバスはクラクションを鳴らして走り出した。

バスの中は美沙子と貸し切り状態だったが、もちろん彼女は祐司から離れた場所にひとりで座る。

美奈はどこにいるのか――。物思いはスマホの着信音にかき消された。矢崎からだ。スマホの画面に表示された地図を見下ろし、そこまで遺体を運ぶ手段を考える。だが何よりまずは遺体の回収だ。

火葬場に着くと、車から降ろされた棺は速やかに火葬炉へ運ばれていった。棺が炉の中へ入れられ、扉が閉まるのを、祐司はそわそわして見守った。棺に火が点《つ》けられたら終わりだ。

竹原が声をかけてくる。

「お疲れ様でした。それでは控室にご案内させていただきます」

別の建物に向かって歩いていく竹原の背についていこうとした美沙子へ、祐司は「ちょっと……」と言ってスマホを見せた。彼女はもはや咎めるのもバカバカしいといった様子で先に行ってしまう。

電話をするふりでそれを見届けた祐司は、スマホをしまい、小走りで火葬炉の奥にある作業場へ向かった。たどり着いた先では、作業員がまさに炉内に点火しようとしているところだった。

「ちょっと待った！」

いきなり飛び込んできた祐司に、作業員が驚いて振り返る。その鼻先に警察手帳を突きつけた。

「警察だ。事件が起きてる。速やかに安全な場所に避難してほしい」

「事件？」

「いいから早く!!」

「は、はい！」

怒鳴り声に、作業員たちは何が何だかわからない様子ながらも、ひとまず点火スイッチを入れて急いで出て行った。

「ちょぉおっと！」

慌てふためいて炉の小窓から中をのぞくと、まさに棺桶が火に包まれようとしている。

「あぁ！　あぁ……！」

祐司は慌てて操作盤と向き合い、何とか点火解除のスイッチを見つけて押した。小窓をのぞき火が消えたのを確認してホッと息をつく。そのとたん。

「工藤」

「――――!!」

背後で響いたまさかの声に、肩を震わせて振り向いた。

「久我山……っ」

生真面目《きまじめ》な同僚は、厳しい面持ちでこちらに近づいてくる。

「おまえ、何か隠してることあるだろう」

そう言って、彼は何かの資料を突きつけてきた。プリントアウトした監視カメラの画像である。

二十九日の夜、カメラの近くで奇妙な停車をした車のナンバープレートを拡大したものだ。高機能な画像ソフトを使って修整したのだろう。朝の時点では不鮮明だったナンバーがはっきりと映っている。

「これおまえの車だよな……」

「…………」

「おい、本当のことを話せ」

低く問う声は不信に満ちていた。裏金のことは黙認した。だがこの件は、事と次第によっては許さない。そんな決意が伝わってくる。

こうなっては下手《へた》な言い訳は通用しない。祐司は顔を上げ、相手の両肩をつかんで訴える。

「話は後だ。手伝ってほしい」

久我山は「はぁ？」と怪訝そうに返してきた。


その後、何とか棺桶から取り出した尾田の遺体をふたりで駐車場へと運んだ。

「なんで俺がこんなこと……」とブツブツ言っていた久我山は、これまでの経緯について祐司の説明を聞き――はねた相手が大金を持ち逃げしてヤクザに追われていた尾田で、おまけに県警本部のエリートがその遺体を求めて祐司の娘を攫《さら》ったという荒唐無稽さに、なんとも言えない微妙な顔をする。

「……なんだその話。作り話か？」

「だったらいいんだけどな」

祐司は投げやりに応じた。

だが現に祐司の顔は単なる喧嘩ではありえないほど痣だらけで、葬儀の間も火葬場にも美奈の姿はなかった。そして傍目にも違和感を覚えるほど憔悴《しょうすい》した美沙子の様子。それらを思い返し久我山はひとまず説明を受け入れたようだ。

駐車場まで来ると、協力して重い遺体を久我山の車のトランクに放り込む。息をついた久我山が首をかしげた。

「でもなんでアイツはこんな死体がほしいんだ？」

「そんなのこっちが知りてぇよ」

「ちゃんと調べたのかよ？」

久我山は勝手に紐をほどき、ビニールシートを剥がして遺体の検分にかかる。と、ひっくり返した遺体の背中に穴のようなものがあることに気づく。

「ん？」

祐司と目を見合わせた久我山はさらに衣服をめくる。すると背中に二ヶ所、焦げた小さな穴があった。弾痕だ。

「撃たれてる……？　なんだ……？」

「おまえがひいちまう前に死んでたってことか？」

久我山がつぶやく。祐司は首を振った。わからない。何しろひき逃げをした時は暗くて、急いでいて、ろくに周りを見もしなかった。

「なんだよ。どうなってんだよ……」

矢崎はこれを隠したかったのだろうか？　しばし考えて、大事なことを思い出した。

祐司は尾田のスマホを取り出して電源を入れ、遺体の指を使ってロックを解除する。と、そのとたん大量の不在着信の知らせが届き始めた。見ればどれも「真由子」という相手からだ。名前をタップすると、ワンコールで『もしもし尾田!?』と食いつくように女の声が聞こえてきた。

「……あぁ……」

祐司はとっさに声を変えて応じる。相手が違うことに女は気づかなかったようだ。

『あぁっ!!　生きてんじゃん!!　よかったー！　ねぇ、何度も電話したんだよ！　なんで出ないの？　死んでると思った！』

祐司はちらりと遺体を見ながらうなずいた。

「あぁ……」

『あーよかった。心配したんだよ、もー！　ね、今どこにいんの？　工場？』

「あぁ……」

『わかった！　すぐ行く！』

一方的にまくし立てて女は電話を切った。この勢いと、大量の着信から察するに、尾田が死んだと思いつつ一縷《いちる》の望みをかけて電話をせずにいられない理由があるのだろう。

それが何かはわからなかったものの、彼女の言う「工場」が例の廃工場だというのは予想がつく。

久我山と顔を見合わせ、祐司はうなずいた。


久我山の車で工場に向かい、敷地内に停めて降りると、エンジン音で気づいたらしい真由子がトタン壁の建物から飛び出してくる。

「ねぇもう遅いんだけどー！」

肩までの茶色い髪に、ヒョウ柄の襟がついた赤いジャケットと黒のミニスカート。ハイブランドのショルダーバッグ。ひと目で水商売の女とわかった。

彼女はこちらを見るや、「え？　誰？」と凍りつく。そして次の瞬間、脱兎《だっと》のごとく逃げ出した。とはいえヒールの高いロングブーツでは逃げ足もたかが知れている。

祐司と久我山は一分もしないうちに真由子を捕まえ、腕を縛って拘束した。ついでに車の中の遺体を工場内に運び込み、改めて検分する。

「だからー、その人が金庫のカードキーの番人だったの！」

初めのうちは騒いで暴れた真由子も、やがて観念したのか自分の知っていることを白状し始めた。

善明寺で行われていたマネーロンダリングに矢崎が関わっていたこと、尾田がその片棒を担いでいたこと、欲を出した尾田が矢崎を嵌める形で鍵と金を奪ったこと、どうやってかこの工場を突き止めた矢崎が尾田を追ってきて撃ったこと。

話を聞きながら遺体の首にかかっていた袋を探った久我山が、中身を取り出した。

「……これか？」

掲げてみせたのは、お守りの形をしたカードキーである。

「そういうことかよ……」

つまり矢崎は、尾田に奪われた鍵を取り戻すために遺体を探していたわけか。

が、それだけではないらしい。真由子は金庫の鍵はふたつあると言った。

「ちなみにこの人の指紋じゃなきゃふたつ目の鍵、開かないよ」

「だから遺体も一緒に持ってこいってか」

「えぇ？　もうやだあ……」

このままでは分け前の金が手に入らなそうだと悟ったためか。不貞腐《ふてくさ》れてぶちぶち言う真由子を尾田の遺体と共にその場に残し、祐司は久我山と工場前に停めた車に戻った。

ぐったりと助手席にもたれかかり深いため息をつく。

自分が欲をかいたわけでもないのに、何がどうしてこうなった。確かにひき逃げはマズかったかもしれない。が、それにしてももしひく前に尾田が撃たれて絶命していたのだとすれば、災難としか言いようがない。

運転席の久我山が言う。

「どうする気だ？」

「娘を取り戻す」

「危険だろ」

マネーロンダリングに携わっていたことが明るみに出れば矢崎は破滅だ。何としても隠そうとするはず。尾田の口を封じたように、祐司の命も狙うかもしれない。

久我山の懸念に祐司は再びため息をついた。

「それしかできることねぇんだ」

何はともあれまず美奈を助けることだ。何としてもあの子を美沙子のもとに返さなければならない。

前を見据えていた久我山が口を開く。

「俺が淡島課長へ相談に行く」

「…………」

祐司は驚いて久我山を見た。

曲がったことが大嫌いで、規則を軽視する祐司のやり方に突っかかってくるばかりだったこの同僚が、ひき逃げを隠そうとしたせいで窮地に陥った祐司を助けるなど想像もしなかったのだ。

「おまえは娘を取り戻すことだけ考えろ。けど一人で動くな。俺たちが何とかする」

「久我山……」

柄にもなくこみ上げてきた感情に声を詰まらせる。

「……ありがと」

かろうじてそれだけ言った時、祐司のスマホに電話がかかってきた。画面に表示された「非通知」の文字に感傷的な気分が吹き飛ぶ。矢崎だ。

「はい」

祐司が応じると、矢崎の冷ややかな声が車内に響いた。

『おまえ今、誰と会ってる？』

こちらの状況を見透かした問いに緊張が走る。どうやって知ったのか。どこから見張っているのか。とっさにあたりを見まわすも、工場前に停めた車の周囲に人影は見当たらない。

冷や汗をにじませながら祐司は短く答えた。

「関係ねぇだろ」

『娘がどうなってもいいのか？』

「………」

弱点を的確に突かれて黙り込む。矢崎は事務的に言った。

『話がある。いったん車から出ろ』

「…………」

久我山と目を見合わせてうなずき、祐司はスマホを手に一人で車から降りた。

「なんだよ」

『車から離れろ。そしたら話す』

「…………」

淡々とした矢崎の指示を奇妙に思いながらも、祐司は車を背にして歩き出す。五メートルほど離れた、その時だった。

背後で耳をつんざく轟音《ごうおん》が響き、驚いて振り返る。その祐司の目が限界まで見開かれた。

「……あぁぁっ!?」

コンクリート製の工場の屋上から、巨大な貯水タンクが地上に落ちたのだ。タンクは水で満たされていたのか、久我山が乗っていた車をぺしゃんこにしている。

「――――……」

見る影もなく潰れた車を愕然と眺めた。駆け寄って確かめるまでもない。久我山の生存は絶望的だ。

車の残骸から工場の屋上へと視線を持ち上げる。しかしそこには誰もいない。

驚愕に凍りついていた祐司の頭に血が上った。一瞬にして沸騰する。

「おっ、おまえ!? 何てこと……!! 何てことしやがんだおまえ!!」

『バカなこと考えるんじゃねぇぞ。おまえの相手は俺だろ？』

「美奈っ、……美奈に何かあったら、ただじゃおかねぇぞ……!!」

『尾田の死体を持ってこい』

「――――」

冷ややかな声は揺るぎなく、激した祐司の頭に冷水を浴びせてくる。

脳裏をよぎった矢崎のなまっちろい眼鏡顔に、初めて恐怖を感じた。保身のためならどんな犠牲も厭《いと》わない人でなし。おまけにそのやり方が尋常ではないときた。

警察組織に身を置く人間の感覚では計れない手段に戦慄し、潰れた車と美奈の顔が重なる。

「……クソ!!」

無力感に打ちのめされて毒づく姿を、今も矢崎に見られているだろう。何よりその事実に腸《はらわた》の煮えくりかえる思いだった。

祐司が足音も高く廃工場内に戻っていくと、拘束されたままだった真由子が振り向いた。

「え、何？　なんかすごい音したけど。大丈夫？」

のんきな質問を無視して工具箱に歩み寄り、中を漁《あさ》って枝切りバサミを取り出す。大麻を刈り取るためだろうが、使う機会はほとんどなかったようでぴかぴかだ。

真由子が笑顔を見せる。

「あ、切ってくれんの？」

背中で腕をひとまとめにしている縄をこちらに向けて、彼女は催促するように揺らした。

「ねぇ、早く切って」

それも無視して死体の脇にしゃがみ込み、祐司は尾田の指をつまんだ。

真由子が顔をこわばらせる。

「えっ、ちょっと！　ちょっと何してんの!?　ねぇ!!」

騒ぐ声をよそに、尾田の指の付け根にハサミを当てる。

「キャー！　ちょっとやめて！　頭おかしいんじゃないの！　いやー！」

指を切り落とす金属音は、悲鳴混じりの女の声にかき消された。

次に祐司が連絡を取ったのは仙葉組の親分である。

尾田をパクれと持ちかけてきた彼に電話で事の次第を説明し、幼い娘が人質に取られていることと、矢崎が自分を生かしておくはずがないと付け加えた後に、こちらもそれなりの対応をしなければならないと含みを持たせて言うと、仙葉は「いいねぇ」としわがれた声を笑みに震わせた。

尾田が死んだ今、矢崎が消えればマネーロンダリングの事業を狙う仙葉にとって都合がいい――読み通り老人は協力を申し出てきた。そして郊外のとある住所を伝えてくる。仙葉組のフロント企業が所有する倉庫だという。

善明寺まで車を取りに戻り、廃工場で遺体を回収した後に指定された倉庫に向かうと、待っていた仙葉は自ら祐司を中へ案内しながら楽しげに言った。

「娘と死体を交換したとたん、あんたの背中をズドンだろうな」

嬉しくない予想に祐司は口をへの字にする。だがおもしろくない気分も、倉庫の奥の様子を目にして払拭された。

壁一面に大量の銃器類が所狭しと並べられている。拳銃はもちろん、ライフルやマシンガンまである。だが一見して古いものだとわかった。ヤクザが銃器を手に抗争に明け暮れていたのは何十年も前のこと。その頃に溜めこんだのだとすればかなりの年代物だろう。

先導していた仙葉が笑う。

「けどまともに撃ち合って勝てる相手じゃねぇと思うぞ」

「あぁ」

その点は異論がない。矢崎は尾田の背中に二発当てていた。撃ったのがひき逃げの直前だとすれば、暗くて強い雨が降っていたにもかかわらずだ。

「わかってるけど、それしか方法がねぇんだよ」

祐司はずらりと置かれたマシンガンの中からひとつを手に取った。銃口を壁に向けて構える祐司の背後で、ふいに仙葉が声を弾ませる。

「おー懐かしいな！　昔の俺のお手製だ」

手の中にあるのは、八〇年代に一世を風靡《ふうび》したカセットサイズの音楽プレイヤーに火薬をくっつけた代物だった。カラフルな配線がついている。

「これ、爆弾……!?」

「あぁ。四分きっかりで爆発する」

感心を通り越して呆れてしまう。こんなものがまだ警察の目を逃れて存在していたとは。

仙葉は目を細めて爆弾を見つめ、祐司に手渡してくる。

「昔はヤクザにもいい時代があったんだよ」

「…………」

古い爆弾を見下ろす祐司の頭の中で、ひとつの作戦がまたたくまに練り上がっていった。

矢崎が遺体の引き渡し場所として指定してきたのは、人気のない高架下の貯水池だった。仙葉の倉庫からは埃原市内を通過して行く形になる。

武器を用意した祐司は、約束の場所に向けて車を走らせた。

市内の信号で停車した際、鏡餅の箱を抱えて横断歩道を渡る子供を目にして、今日が大晦日であることを思い出した。よく見れば街の中を歩く人の多くは、食料品と思われる大きな荷物を両手に持っている。

満たされた顔で笑う家族連れから、祐司は目を逸《そ》らした。

新年に向けて忙しなくも活気のある世間の様子は、車窓を流れる景色のように祐司を置いて通り過ぎていく。祐司だけが、増えていく一方のトラブルに首の皮一枚になった状態で、砂漠のトカゲのように熱い地面に耐えかねてひょこひょこしている。

矢崎との対決を果たした後、自分が今夜をどのように過ごすのか想像できない。ひとりでゴミ溜めのアパートに戻るのか。年越しも新年も自分には関係ないと、いつものようにコンビニで買った夕食をアルコールで流し込み、借金の返済に悩みつつ眠れない夜を過ごすのか。あるいは――。

（いや……）

信号が青に変わった瞬間、益体《やくたい》もない物思いを投げ捨てる。そもそも生きて帰ることができるかどうかも定かではない。余計な希望は持たないことだ――そう考えた矢先、また頭のどこかで声がする。

希望？　ゴミと過ごす大晦日が？

ため息をつき、アクセルを踏み込む。平和な街の景色が過ぎれば過ぎたで今度は久我山の最期を思い出した。矢崎。あいつだけは殺す。ハンドルを強く握りしめ改めて誓った。陰気がしみついたキャリアの顔を見るのも今日で最後だ。

三十分ほど車を走らせた末、祐司は指示された場所に着いた。

矢崎は先に来ていた。近くに黒いセダンが停めてある。国産の高級車だ。

そこから少し距離を置いた場所にパステルカラーの軽を停車させると、祐司は車から降りた。

矢崎は例によってグレーのトレンチコートに黒い手袋をつけ待ち構えている。

「……持ってきたか」

「美奈は」

問いかけに、彼は背後を指さした。

「車ん中だ。死体を見せろ」

「美奈を渡せ」

「そっちが先だ」

「………」

先に折れるていで祐司は、後部座席から袋に入れた死体を引っ張り出した。その際、袋の中に隠した爆弾のスイッチを入れる。『四分きっかりで爆発する』――仙葉の言葉を思い返しつつ、祐司は遺体を担いで歩き出した。

そして相手から少し距離を置いて立ち止まる。

「ホントにそこにいるんだろうな。だったら見せろ」

「………」

矢崎はセダンの後部座席のドアを開け、中から美奈を引っ張り出した。

「パパ……っ」

「美奈……！」

半日、知らない男に連れまわされて怖かったのだろう。美奈は泣きべそをかいている。思わずそちらに向かいそうになった祐司の足を、矢崎の低い声が押しとどめた。

「おまえの持ってる袋の中身が本物かどうか確認しなきゃ渡せねぇ。こっち持ってこい」

彼は拳銃をこちらに向け、おかしな動きをしないよう牽制《けんせい》する。祐司は相手を睨みつつ、尾田の遺体を担いで進み、矢崎の足元に置いた。

と、彼は祐司に拳銃を突きつけたまま「開けろ」と言う。

「………っ」

　湧き立つ怒りを押し殺し、祐司は袋を開いて尾田の顔を見せた。遺体をひと蹴りした矢崎は、銃をこちらに向けたまま目線で自分の車を指す。

「入れろ」

　祐司は遺体を引きずって運び、黒い車の後部座席に押し込んだ。そして慎重に車から離れる。

「……よし」

　矢崎が美奈を押さえていた手を放す。解放された美奈が走り出し、祐司に走り寄ってきた。

「パパ！」

「美奈！　美奈、ごめん！　ごめんなぁ……！」

　ぐすぐすと泣く娘を抱き上げて、急いで自分の車へ戻ろうとする。爆弾が気がかりだ。なるべく遠くへ移動しなければ。

　しかしその瞬間、祐司の背後で銃声が響いた。驚いた美奈が本格的に泣き出す。

「こわいよー！」

「おい!!」

　祐司は娘をかばって振り返った。

黒い車の横に立つ矢崎は、こちらに銃口を向けている。わざと外して撃ったようだ。眉間に皺の寄った顔に、薄い笑みを浮かべている。

「少しくらい話をさせろ」

「………」

この期に及んで何の用だ。それともやはり自分の息の根を止めるつもりか。

祐司はそちらを睨みつつ美奈を地面に下ろした。目線を合わせて頭をなで、小さな身体をパステルカラーの軽に向ける。

「美奈、よく聞いて。あの車に先に乗ってて。パパもすぐ行くから。よーい、ドン！」

掛け声を合図に美奈は走り出した。まっすぐ車に向かっていく。それを見届けてから祐司はゆっくりと立ち上がった。

相変わらず拳銃をこちらに向けたままの矢崎を睨みながら、一歩一歩、少しずつ近づいていく。しまいには銃口に自ら額を押し当てた。

「俺が無事帰ってこなかったら、マスコミに告発文が届くことになってる。仙葉組の親分に頼んだ」

祐司が矢崎を始末しそびれた場合の安全策だ。県警のお偉方とはいえ、地元のヤクザの名前くらいは知っているはず。脅しでないとわかるだろう。

そんな予想に反し、矢崎は無言で祐司を見つめていた。

『四分きっかりで爆発する』

仙葉の声が頭の中をぐるぐる回る。ボタンを押してからどのくらいたった？　祐司は逃げ腰で声を張り上げた。

「俺はそいつを運んだんだ。もうこの件には、一切関わりたくねぇ！」

「…………」

矢崎はなおもこちらを見つめていたものの、やがて銃を下ろして車に乗り込んだ。祐司は大きな安堵に胸をなで下ろす。

再び自分の車に向かって歩き始めるも、近づいてくるエンジン音に振り向けば、なんと矢崎は高級車をぴたりと祐司の横につけてきた。

「――――……!?」

思わず漏れそうになる声をかみ殺し、胸中で怒鳴りつける。

来るんじゃねぇバカ！　あっち行け！

爆弾を積んだ車を美奈に近づけるわけにもいかず、祐司はしかたなくその場で足を止めた。

「なんだよ!?」

勝利を確信したためか。矢崎は全開にした窓に悠然と肘を置いて声をかけてくる。

「思った通りだ。俺とおまえは似てる」

「……はぁ？」

こいつと自分のどこに共通点があるのか。意味不明だ。発言の真意よりも爆弾のボタンを押してから何分たったかの方がはるかに気になる。

心臓がドクドクと音を立てた。ヤバい。そろそろ爆発する。いつだ？　二十秒後？　十秒後？

こちらの焦燥に気づくこともなく、矢崎は余裕ぶって訊ねてくる。

「なぁ、おまえはなんでこんな町で刑事なんかやってる？」

「あぁ？」

「毎日毎日、目の前のことに振りまわされて、走りまわって、小金《こがね》を稼ぐだけ。おまえの人生はそれでいいのか？」

「…………」

「工藤、俺を手伝え。稼げるぞ。金があれば何でもできる」

陰気な笑みを浮かべての放言に、ふと美沙子と美奈の顔が頭に浮かんだ。たぶん金があれば失わずにすんだ。

和江だって、金さえあれば望み通り都会で暮らせた。

金があればどんな願いもかなう。砂漠に耐えて生きる必要はなくなる。どんな手を使ってもそこから抜け出したいと考えて何が悪い。

同時に、貯水槽にぺしゃんこにされた久我山の車を思い出した。こいつは自分以外の人間をトカゲくらいにしか考えていない。だから秘密と利益を守るために平気で踏み潰す。この先、祐司が少しでも足を引っ張れば同じ末路をたどるにちがいない。

「……くたばれ」

ひと言吐き捨て、祐司は走り出した。全速力でダッシュする。と次の瞬間、矢崎の車が爆発した。轟音と共に衝撃が襲いかかり祐司も吹き飛ばされる。

矢崎の車は黒い煙を噴き上げながら斜面を転がり、池へ落ちていった。間一髪逃れた祐司は地面に伏せたまま、スローモーションのような光景にしばし呆《ほう》けていた。だがやがて起き上がると自分の拳銃を抜いて貯水池の縁へ走る。

水面に黒いセダンの一部が見えた。思わず銃を構えて警戒するも、車は少しずつ沈んでいく。

やったか？　祐司は銃を構えたまま、額に汗をにじませてそれを見守った。どこから か矢崎が顔を出すのではないかと、銃口を水面に向け喉が干上がるような緊張と共に警戒を続ける。

しかしやがて車が完全に見えなくなると、ようやく銃を下ろした。

今や水面は何事もなかったように凪いでいる。自分の命を脅かす者が消えた。ひき逃げの証拠も消えた。

そう悟るや、ドッと押し寄せる安堵に脱力してへたり込む。何もかも終わったのだ。

自分の車を振り返れば、窓から美奈が不安そうにこちらを見ている。祐司はそちらに向け、久しぶりに作り物でない笑みを浮かべる。しかしそれはどうしても、心からのものにはなりえなかった。


アパートの前に車を停めるのとほぼ同時に、美沙子が部屋から駆け下りてきた。着替える気力もなかったのか、まだ喪服を身につけたままだ。

「ママ！」

「美奈……！　美奈！　美奈!!」

車から降りて一目散に走り寄った娘を抱きしめ、彼女は何度もくり返す。

「よかった……。あぁよかった、……よかった……！」

祐司も車を降りてそちらに向かう。

再会を喜んで抱き合うふたりの姿が、祐司の目には川の対岸の光景のように映った。見えていても手が届かない。どうしたって中に入っていけない。自分の都合で家族を苦しめるだけの父親にそんな資格はない。

その考えが伝わったかのように、美沙子が険しい顔を向けてくる。

「私は美奈とこの町を出てく。もうこんなとこいたくないから」

「……あぁ」

祐司はそれ以上近づくことなく、ゆっくりと踵を返した。背中で美沙子の声が響く。

「これからどうすんの？」

「………」

問いに応えられる言葉は持っていなかった。これから自分は変わる。悪いほうへ――おそらく美沙子が望まないほうへ。

『砂漠から抜け出したくないのか？』

仙葉の言葉は毒のように胸に染み込み、祐司を汚染していた。砂漠から出たい。そのための金がほしい。

金があれば何でもできる。

矢崎の言葉は真実だ。おそらくあいつと自分が似ているというのも。力を求める本能。這い上がろうとする欲求。チャンスを前にすれば祐司だってどこまでも強欲になる。秘密を守るため人を潰すこともありうる。潰される人間は、自らその立場に留まっているのだから。

「……砂漠にトカゲがいるんだよ」

唐突なせりふに美沙子が「え？」と首をかしげる。

「そいつは地面が熱いから、手足を交互に地面につけて、ひょこひょこやりながら、砂の上でじいっとしてんだよ。だったらそんなとこ出ていきゃいいのに、そいつは出ていかねぇんだ。ずーっとひょこひょこやりながら、砂漠から出ていかねぇんだよ」

「………」

これから自分は砂漠を出る。破滅と背中合わせの楽園に向かう。だが人に言えないその道に、大切なものを持ち込むわけにはいかない。

ふたりは平穏でまっとうな生活を送るべきなのだから。

「幸せにできなくて……悪かった」

それだけ言って足早に車に向かう。美沙子ももう、そんな祐司を呼び止めることはなかった。

日が落ちると商店からは早々に灯りが消え、人も減ってきた。通りには正月飾りをつけてシャッターを下ろした店が並んでいる。一方で住宅街はいつもより人口密度が高いだろう。

また煌《きら》びやかなイルミネーションで飾られた市の中心部にも人が大勢集まっているようだ。ランドマークでもあるテレビ塔でカウントダウンに参加しようという人々だろう。

祐司は車の中でコンビニのパンをかじりつつ、スマホでニュースを見ていた。

張り込みにつくことも多いため、無為な時間を車中で過ごすのには慣れている。今さら家中に灯りのついた民家と暗い車の中の落差にため息をつくような繊細さも持ち合わせていない。

それでも大晦日の夜に、仕事でもないのにこんな状況でいることについては暗い感慨を覚えずにいられなかった。

最初からこんな人間だったわけではない。猛勉強をして採用試験に合格し、警察学校での研修を経て交番勤務を始めた時には、警察官の仕事に人並みの情熱を燃やしていた。

おかしくなったのは和江の介護と治療のために借金を始めてからだ。淡島に持ちかけられた裏金の話に乗り、借金の問題は多少落ち着いたものの、今度は罪悪感に苛《さいな》まれた。気を紛らわせるために酒を呷《あお》るうち、ワンオペ育児で疲れ切っていた美沙子と喧嘩が絶えなくなり、自分でも理由のわからないキャバ嬢との浮気がバレて別居になった。鬱屈した現実から逃げようとまた酒に逃げた。

悪循環から脱したいと他でもない自分が一番強く願っている。だが家族のいないアパートの一室を思うだけで、心の隙間を冷たい風が音を立てて吹き荒れ、酒に手をのばしてしまう。

砂漠でひょこひょこ。

トカゲの真似をして動く仙葉の指が脳裏をちらつく。

『砂漠から抜け出したくないのか？』

「——……」

深夜近くなった頃、祐司はようやく車を出した。向かった先は善明寺の分院である。金庫は分院の墓地にあると真由子から聞き出した。

駐車場に車を停めると、祐司は空の大きなボストンバッグを肩にかけて外に出た。人目がないのを確認し、墓地のほうへ足を向ける。

境内のほうから除夜の鐘が聞こえてきた。人の声のようなものも時々上がる。初詣の参拝客が集まり始めているのだろう。

祐司は黙々と墓地の中を歩いた。吐く息が白く尾を引く。と、目の前を何かがちらついた。雪が降り出したのだ。

祐司は足を速めて墓地の外れに向かった。聞いていた通り、そこには戦後放置されたままの防空壕《ごう》があった。人が立ち入らないよう、今は背丈ほどもある鋼鉄製の頑丈な外扉がついている。

その前に立つと、まずはカードキーを取り出してカードリーダーにかざした。軽い電子音と共にひとつ目の鍵が開く。やたらと分厚くて重い鋼鉄製の扉を開けると、中には地下へ続く階段があった。階段を下りていった先に、ふたつ目の扉が現れる。

祐司はポケットから切断した尾田の指を取り出し、扉の脇の読み取り機にかざす。緊張と共に見守る中、指紋も無事に認証され、ふたつ目の鍵も開いた。

やった。こみ上げる高揚を感じながら、分厚く重い扉を引いて金庫内へ入っていく。中は真っ暗だった。持っていたペンライトで壁のスイッチを探して照明をつける。そのとたん、祐司は唖然《あぜん》とした。

石造りの地下室である。室内には大きな祭壇に似た台が奥に向かってずらりと並び、それぞれに山のような札束が置かれていたのだ。

政治家が溜め込んだ汚い金。どのくらいの規模か正確には知らなかったが、祐司に想像できる大金と言えば数億。金庫に保管されているのもそのくらいだろうと考えていた。が、実物を目にして息を呑む。

地下室の中にあったのは、幾つもの札束の山だったのだ。隙間なく積み上げられた様から察するに数十億――いや、もっとあるかもしれない。

「………」

祐司は絶句して立ち尽くした。己のせせこましい欲をあざ笑うかのような、見知らぬ誰かの圧倒的な強欲さを突きつけられ、沸き立った血が少しずつ熱を失っていく。

ややあって札束の山に歩み寄ると、その表面にふれてみた。予想以上のものを目前にしても不思議と感動はない。思ったほど感動がないことに自分でも戸惑う。そこにあるのは冬の寒気に冷えきった札束。それ以上のものではなかった。

だがこれさえあれば少なくとも借金の悩みは消える。祐司は手近な札束を手に取った。

「金があればなんでもできる……か」

小さくひとりごつ。これは砂漠から抜け出すための力だ。

砂漠。生きるのに厳しい世界。では砂漠の外には本当に楽園があるのだろうか。一線を越えてまで目指す価値があるのか。一生秘密を抱え、それを脅かす人間を排除して生きていく。そこは楽園か。

祐司はつかんだ札束を見下ろした。

自分が目指すべきは本当にそこなのか。自分が欲するものは——自分を救うのは、巨岩のような札束の山か。

強欲になりきれない庶民根性から生まれた不信が、金を握る手の動きを妨げる。

否。自分の庶民根性は強欲だ。目の前の札束がその欲求を満たすに足るものかという点で疑念が残るだけ。

常に眉間に皺の寄っていた矢崎の陰鬱な顔を思い出す。あいつと自分は似ているか？

「………………」

長いようで短い葛藤の末、祐司は札束を元の場所に戻した。

矢崎の毒に柄にもなく酔っていたようだ。煩悩と共に、陰鬱な顔にも別れを告げた。

矢崎と自分は似ていない。そう確信し、すっきりした気分で立ち上がる。

と、ふいに入口に人の気配を感じた。ぎくりとして振り返れば、ゆらゆらと歩いてくる人影がある。その正体に気づき、祐司は凍り付いた。

火傷《やけど》で爛《ただ》れた顔に焼け焦げたグレーのコート。墓の底からよみがえった幽鬼のごとき惨状で現れたのは、矢崎である。

頭の中で別れを告げたばかりの相手は、物も言わずに手にしていた拳銃を持ち上げた。

その瞬間、祐司は札束の山の後ろに飛び込む。

「────……!」

パン! と背後で銃声がして、札束が数枚宙に舞った。さらにもう一発。祐司は身を低くして逃げながら、自分も銃を取り出して撃ち返す。

石の地下室に銃声が響くたび、諭吉《ゆきち》の印刷された紙幣が紙吹雪《かみふぶき》のようにあたりに舞い散った。銃撃はしばらく続いたが、先に祐司の銃弾が尽きてしまう。

「あぁ……っ」

焦ってうめき、相手の気配を探った。

積み重ねた山の端にふれたのだろう。バサバサと札束の落ちる音がする。近い。足音に耳を澄ませ、姿を現す寸前にこちらから飛びかかる。

「────!!」

拳銃を持つ手をつかんで持ち上げると、跳ねあがった銃口から発射された弾が石の天井を撃った。そのまま祐司はがら空きの相手の顔に二度、三度と左のフックを叩き込む。

反撃を食らうも、組み合って格闘しながらさらに二発を無駄に撃たせる。しかしうまくいったのはそこまでだった。

矢崎に投げ飛ばされた祐司は、至近距離で撃ってくる相手から泡を食って逃げ出す。四つん這いになって床の上を必死に進み、札束を載せた台の陰に身を潜める。

「はぁ……、はぁ……っ」

息をついた瞬間、わき腹の痛みに気づいた。シャツにべっとりと血がにじんでいる。被弾したのだ。喘いで上を見上げれば、そびえたつ札束の山が目に入った。同時に、隠れている台の向こうで様子をうかがう矢崎の息遣いが耳に入る……。

「―――!!」

歯を食いしばって立ち上がった祐司は、札束の山に思いきりダイブした。

「うおおおおお!!」

台の反対側にいた矢崎に札束の雪崩《なだれ》が襲いかかる。雪崩を滑り落ちる形で覆いかぶさった祐司は真っ先に拳銃を奪おうとしたが、そうはさせまいとする相手と力比べになる。札束の絨毯《じゅうたん》の上での激しい揉み合いの末、くり返し殴られた祐司は意識が朦朧《もうろう》として動けなくなった。だが矢崎も格闘に気を取られて銃を落としたようだ。ぐったりする祐司から離れ、拳銃のほうへ札束の上をよろよろと這っていく。

その間に祐司は、息苦しさと痛みに喘ぎながら金庫の入口のほうへ這い進んだ。何とか立ち上がり、地下室から出ようとする。その瞬間、銃声が響いた。

右脚に硬いもので殴られたような痛みが生じ、前のめりに倒れ込む。それでも前に進むのをやめなかった。両腕を使って階段を這い上がっていく。息が苦しい。力が出ない。心臓も肺もすでに限界を越えて酷使している。

地上の墓場に出ると強い寒気に包み込まれた。雪が降っている。祐司は右脚を引きずって進み、斜面を埋めつくすようにびっしりと並んだ墓石の間を転がるようにして下りていった。

矢崎はなおも追ってくるが、銃弾は尽きたようだ。拳銃を投げ捨て、墓石の間を這って追いかけてくる。その矢崎の手がついに祐司の右足首をつかんだ。

仲間になれという誘いを断られ、車ごと爆破されてまんまと鍵をふたつとも奪われた——正気を失うほどの憤激にかられてここまで追いかけてきたのであろう。矢崎は動けない祐司ににじり寄り、恍惚《こうこつ》の笑みを浮かべる。

「…………っ」

逆に祐司は恐怖に顔を引きつらせた。空いている左足で思いきり相手を蹴り飛ばす。宙を舞った相手は墓石の斜面をごろごろと転がり落ちていった。

力尽きた祐司もまた、同じように下の空き地まで転がっていく。

その時、寺院のほうでゴーンと鐘の音が鳴り響いた。除夜の鐘だ。

同時にワァッと歓声が上がる。

「10！」

参拝客によるカウントダウンが始まるようだ。

そんな騒ぎをよそに、空き地で身を起こしたふたりは、よろよろになりながらなおも格闘を続けた。

「9！」「8！」「7！」

潑剌《はつらつ》とした人々の声が遠く聞こえてくる。

対照的に、祐司はもはやろくに力も入らない状態でへろへろとした拳をぶつける。しかしそれは相手も同じだった。

「6！」「5！」「4！」

ふいに祐司が、倒れそうになった矢崎の腰を正面からタックルするように抱え込む。

矢崎は背中を殴って抵抗してきたが、祐司は歯を食いしばり、残る力を振りしぼって立ち上がった。

「うぁぁあぁぁ!!」

「3！」「2！」「1！」

人々の明るい声を、祐司の野太い雄叫《おたけ》びがかき消す。

膝をのばすまで立ち上がった祐司は、肩に担いだ矢崎を高々と持ち上げる。暗い空から降る雪が、まるでスローモーションのように見えた。

「ゼロ!!」

その瞬間、祐司は相手の頭を地面に叩きつける形で背後に倒れていった。

境内ではしゃぐ人々の声と拍手が湧く。市内のほうでは花火も上がる。ポンポンと遠方で響く軽い音は、墓場の静寂を奇妙に際立たせた。

地面に背中を打ちつけ、一瞬気を失っていたらしい。

目を覚ました祐司は、ぜいぜい喘ぎながら、疲労と苦痛でぼろぼろになった身体を起こした。

矢崎は空き地に横たわったまま、今度こそピクリとも動かなかった。しんしんと降る雪の中、目を見開いて仰臥《ぎょうが》している。

地面に膝をつき、肩で息をしながら祐司はぼんやりとそれを見下ろした。

今度こそ終わった。もうこいつに悩まされることはなくなる。

そう確信した瞬間、首にバチッと衝撃が走る。

「……ぐぅ……!?」

目の前で火花が散った。と同時に全身の筋肉が引き絞られるように硬直し、祐司はその場にくずおれる。

倒れた祐司の目に、スタンガンを手にした仙葉の姿が映った。老人はこともなげに言う。

「すまんなぁ、工藤……。裏金の件、週刊誌にタレこんだの、あれ俺なんだよ。こんな世の中で若いもんに払う小銭もなくなっちまってなぁ」

「………」

この野郎、ふざけるな。胸中で湧き起こった思いは声にならなかった。指先ひとつ満足に動かすことができず、黙って相手を見上げる。

「でももう大丈夫だ。金はたんまりある。おまえたちのおかげでな」

仙葉は傍に転がる矢崎に目をやり、しわがれた声を笑みに震わせた。

「砂漠のトカゲが二匹、暑さにのたうちまわって焼け死んだか……」

そして背後に控える手下を振り向く。

「金を運び出せ」

「はい」

外扉が開いたままになっていた金庫から、ヤクザたちが手際よく金を運び出し、近くに停めたトラックに積み込んでいく。祐司は人形のように転がったままそれを眺めていた。

＊

大晦日の夜、テレビ塔を見上げる市中心部の広場でカウントダウンに盛り上がる人々を、美沙子はテレビで見ていた。

ソファに座り、ブランケットを膝にかけて、くつろいで過ごしている。横ではクッションを枕にした美奈がぐっすり眠っていた。帰宅後しばらくは不安がり、美沙子にぴったりとくっついて傍を離れようとしなかったのだが、ようやく落ち着いてきたようだ。

同じブランケットにくるまり、健やかな寝息をたてる娘を見下ろし、無事に帰って来た安堵を改めて噛みしめる。

淡島は、今夜は早く帰り妻と毎年の習いである紅白歌合戦を見て過ごした。午前零時の時報の際には夫婦で晩酌をしつつ、新年のあいさつを交わす。

今夜は早く寝て、よく休んでおかなければならない。何しろ明日、娘が小学生の孫たちを連れて遊びに来るのだから。元気盛りの子供たちと何をして遊ぼうか。

台所にはお重に詰めたおせち料理が、テーブルの上にはお年玉のポチ袋が、すでにたっぷり用意されていた。

児島は愛用のゲーミングチェアでカップ麺をすすりつつ、最近ハマっているアニメを見ていた。

趣味が充実しているので、ひとりで過ごすのも苦にならない。むしろ気兼ねなく好きなことのできるひとりの時間を何よりも大切にしている。

その時間の天敵である嫌味で非情な上司からは、あれ以来何の連絡もない。何ならこのまま縁が切れてくれないだろうか。ネットさえあれば金は稼げる。わざわざ危ない橋を渡る必要などないのだから……。

怖い上司の顔は、ズズズッと麺をすする音に紛れて消えた。


矢崎由紀子は新居のタワーマンションのリビングで、スマホを手に不安な思いを抱えていた。結婚したばかりの夫がいっこうに帰宅しないのだ。本人のスマホに何度電話をかけてもつながらない。留守電への返事もない。思いあまって職場に電話をしたところ、今日は来ていないと言われた。そんなはずはないのに。

こういう時いつもなら父親にすがるのだが、その父親は昨日、郊外で倒れているのが見つかり、病院へ搬送された。一体何が起きているのか。もしや夫も同じ目に遭っているのではないか……。

晴れない不安に苛まれながら、新年のにぎわいに沸く街の灯りを窓越しに見下ろした。

葬儀会社に勤める竹原志津は、善明寺に初詣に来ていた。隣りには最近付き合い始めた彼氏がいる。相手は葬祭ホールの警備員。昨日の夜中、天井裏でゴトゴトと不思議な物音を聞いたという。しかしその後特に異状はなく、仲間内では心霊現象で片付けられたそうだ。「まじシャレにならないから」と口をへの字にする彼を見て、今度仕事終わりに差し入れでも持って行こうと思い付いた。

しかしひとまず今は、この交際が長く続くことを神様仏様に祈ろう。手を合わせながら横を見れば、同じく手を合わせながらこちらを見ている彼と目が合う。ふたり同時に微笑みがこぼれた。

カウントダウンが終わったというのに、広場で盛り上がる人の数はいっこうに減る様子がなかった。皆が皆スマホのカメラをライトアップされたテレビ塔に向けたまま、周囲も足元も見ないで歩く。そういった人々が事故を起こさないよう、梶は延々と拡声器で注意を呼びかけ続けた。

凍えるほど寒く、何時間も立ちっぱなしで、誰にも声を聞いてもらえない。それでも笑顔で歩く人々を眺めるのは嫌いではない。

「何かこっちまで楽しくなってきちゃいますね」

後輩の警察官が笑顔で言う。梶はひとまず苦笑で応じた。

市中心部の広場でのカウントダウンは今年も盛り上がっているようだ。車の後部座席で、前の座席に取りつけられた液晶画面でテレビの中継を見ながら、真由子は「いいなぁ」とひとりごつ。楽しそうだ。

自分はといえば散々な年の瀬だった。二日前には拳銃を持った警察の人間に追われ、今日はふたり組の刑事に捕まって色々訊かれた挙句、尾田の指を切り取るというエグいシーンを目撃させられた。ほんと追加料金をもらわなければ割に合わない。

ちょうどそう考えた時、ドアが開いて老人が乗り込んできた。真由子の隣に腰を下ろしたのは、勤め先のスナックで一番の太客だ。「ヤクザの仙葉さん」。キャバ嬢の間ではそう呼ばれている。

「ここらでナンバーワンの女に会いに来た」

来店した彼は、そう言って何度か真由子を指名し、大金を落とした後でちょっとした「頼み事」をしてきた。尾田という男を落として、うんと金を使わせてほしい――。頼み事はどうということのないものだった。にもかかわらず仙葉は、会えば必ず小遣いをくれた。

「俺のことを尾田には言うな」

老人の指示を真由子は忠実に守った。そしてそれは大きな見返りをもたらした。

走り始めた車の中で、仙葉は真由子を見て笑顔を浮かべる。真由子も笑みを返した。

彼は、事がうまく運べば莫大な金が手に入ると言っていた。真由子にも分け前をくれるという。都会のマンションを買い、新しい店を開くことができるだけの額だ。

まっすぐ走る車の中、真由子は仙葉が言うところの「砂漠」から、自分がとうとう抜け出したことを確信する。そして窓の外を流れる平凡な景色に向け、心の中で快哉《かいさい》を叫んだ。

＊

次に目を覚ました時には夜が明け始めていた。大の字で横になっていた祐司は、全身に生じる痛みを堪えて身を起こす。早朝の凍《い》てついた空気が、熱を持ってずきずきと痛む怪我《けが》のひとつひとつに心地よい。自分の上を含め周囲にはうっすらと雪が積もっていた。

白い息を吐きながら横を見れば、やはりぴくりとも動かない矢崎が倒れたまま。祐司はほうほうのていで立ち上がり、右脚を引きずって駐車場へ歩いて行く。

何とか車までたどり着き、痛みにうめきつつ運転席に乗り込むと、ひとまずエンジンをかけてそこを出た。道はまだ薄暗い。行きたい場所も、行くべき先も思いつかないまま、どこへともなく車を走らせる。

惰性で進むうち、祐司は市内に向かう橋の上で日が昇るのを見た。初日の出だ。その瞬間、今すぐに向かいたい場所が頭に浮かんだ。

その場で車を停め、上着からスマホを取り出す。発信ボタンにふれるのには多大な勇気を要した。矢崎と対決した時の一万倍も緊張しつつボタンをタップすると、コール数回で美沙子が出る。

『もしもし……』

「あぁ、寝てたか？」

耳の傍で声を聞き、墓場で冷え切っていた身体に血が巡り出すのを感じた。

ぶっきらぼうな問いに彼女は怪訝そうに返してくる。

『……どうしたの？』

「あぁ……いや。ちゃんと話したくて」

『……なに』

「……本当に出ていくのか？」

『…………』

沈黙には警戒がこもっていた。それはそうだ。今まで何度も傷つけた。彼女は何度も許してくれた。そんな彼女を最悪な形で裏切った末の、避けられない破局だった。

虫がいいのは承知の上で祐司は切り出す。

「なぁ……、俺ともういっぺんやり直さねぇか？」

『なんでそんなことが言えんの？　すごいね』

「なんか……今年はよくなる気がすんだよ。去年は最悪だったけどな。今年こそは、いい気がするんだ」

その発言には、呆れたような笑い声が返ってきた。

『それ、毎年言ってる。そういう人だよね。……祐司は』

「そっか……」

これまでの言動を思い出せば、我ながら根拠もなく楽観的なことを口にしては現実の前に意気を挫《くじ》かれてきた。割を食うのはいつも美沙子だった。

それでも今なら前より頑張れる気がする。ふたりのいない砂漠の外に惹《ひ》かれなかった——そのことに気づいた今なら。

ふいに電話の向こうであどけない声が『パパ？』と問う。うなずく美沙子のスマホの近くで美奈は声を張り上げたようだ。

『パパー。早くかえってきてー』

『……だってさ。……とりあえず、早く帰ってきて』

「————……」

その瞬間、こみ上げてきたものに祐司は声を詰まらせた。目に涙がにじむ。

ヤクザに乗せられてその気になって。つかんだはずの手の中に残るものは何もなかった。隙間風の吹く胸の穴を札束で埋めることもできなかった。手放したものの大きさを痛感しただけだ。

　血まみれの顔に涙を一筋こぼし、力を込めて応じる。

「……あぁ、わかった」

　今度こそ失望させない。まっすぐにふたりのもとへ帰る。そんな決意と共に電話を切って手を下ろす。と、朝日のまぶしさを感じた。

　車内が日の光に照らされている。見下ろせばシャツの腹の部分が真っ赤に染まっていた。大量の血を吸ってべっとり張りついている。

「………」

　命の流れ出す気配を感じながら、こんなところで止まっているわけにはいかない、と考えた。しかしそんな思いとは裏腹に、穏やかな光の中で意識が少しずつ薄れていく。

　静かに凪いだ気分で眠るように目を閉じた――

　次の瞬間、ドンッ!!　と激しい衝撃が車体を襲う。

「――!!」

　後ろから追突されたのだ。首を持ち上げ、後方の車の運転席を見ると、そこには矢崎の姿があった。泥と血に汚れた顔の中、底なしの執着を孕む目がただ祐司だけを見ている。

「………」

生きていたのか――。あまりにも予想外な事実に驚き、振り向いたまま唖然と眺めた。

汚れてぐしゃぐしゃに乱れた髪に、痣で腫れあがった顔。焦げたコート。いつもの眼鏡もなくしたようで、エリート然としていた頃の面影は影も形もない。

仙葉に嵌められた結果これまで積み上げたあらゆるものを失い、憤怒《ふんぬ》と失意をぶつける先もなく、広大な砂漠にただひとり取り残された。

進むべき道を失った彼が目指す先は、いまや祐司しかない。

「――……」

ひたむきな熱を孕んだ眼差しが、ひたりとこちらを見据えてくる。矢崎の口の端が痙攣するようにひくひくと動く。そのうち少しずつ口角が持ち上がっていき、やがてはっきりと笑顔になった。

血だらけの顔を歪め、目をらんらんと輝かせての、あまりにも異様な笑顔を見つめる祐司の中に、得体の知れないものへの恐怖が湧き起こる。

「……はぁ……っ」

息苦しいほどの焦燥に突き動かされ、アクセルを強く踏み込んだ。エンジンが唸《うな》り、スキール音が高く鳴り響く。路面とこすれ合うタイヤから煙が上がる。

走り出した祐司の車を、矢崎は猛然と追いかけてきた。あげく対向車線を走って横並びになり、側面から車をぶつけてくる。祐司もぶつけ返した。

互いに車の側面をぴったりとつけたまま、さらにスピードを上げていく。

全身を苛む痛みも理性も現実も何もかも無視した加速を続けるうち、次第にわけのわからない状況へのおかしさがこみ上げてきた。ハイになっているとしか思えない。ただただ滑稽で、バカバカしく、奇妙で、意味がわからない。だが途方もなく愉快だ。

祐司はついに声を上げて笑い出した。止まらない。並走する車の運転席で矢崎も口を開けて笑っている。

相手の考えていることが手に取るようにわかった。

こいつにだけは負けない。

死に体の身が重いGに押し包まれても、祐司は猛スピードで車を走らせた。

どこまで行けるかわからない。それでも行けるところまで。――砂漠でひょこひょこ生きるトカゲの意地だ。

一歩も引かず、譲らず、獰猛に相手を食らいつくすため。

望むものをつかみ取るため。

最後まで行く。

# エピローグ

十二月二十日。年の瀬も迫ったその日、尾田創は金色の髪を振り乱して廃工場内を逃げまわっていた。大麻を栽培し、大金を得る予定だった工場だ。だがうまく栽培できずすべて枯らしてしまった。

仙葉組からの借金は膨らむ一方。そうと知りつつ、矢崎に誘われた仕事の報酬を真由子につぎ込み続けた。いまや真由子と自分は客とキャバ嬢の関係を超えている。あと少しで彼女は自分のものになる。そのため今は金を惜しんでいられないのだ……。

そんな思いと、ヤバい現実から目を逸らして生きる姿勢が最悪の事態を招いた。仙葉組からの借金がいつの間にか一千万を超えていたのだ。

「ごめんなさいごめんなさいごめんなさい!!」

尾田を追うヤクザたちはさながら野生の肉食動物のようだった。連携し、逃げ道を塞ぎ、的確に獲物を追い詰めてくる。ヤクザに囲まれ、殴られながら、尾田は必死に声を張り上げた。

「ちゃんと払いますから!!　今月末まで待っててください！」

もちろん当てはない。口先だけの訴えだった。これまで何度も尾田を取り立ててきたヤクザたちも心得ているのだろう。

「本当です！　お願いします！」

必死の訴えも虚《むな》しく、一人が工場内に転がっていた枝切りバサミを手に取る。取っ手を動かし二度、三度と刃を鳴らして尾田を見下ろす。全身から血の気が引いた。

「たっ、助けてください!!」

裏返った声で悲鳴を上げる。

と、そこでゆったりとした足取りで近づいてくる老人がいた。仙葉組の親分である。

彼はへたり込む尾田を跨《また》ぐようにして立ち、穏やかに言った。

「兄ちゃん、砂漠から出てぇか？」

「……え？」

尾田はきょとんとした。そしてよくわからないまま大きくうなずく。意味はわからないが助かるなら何でもやる。言うことを聞き、うまくいけばよし。ダメなら逃げるまでだ。

首振り人形のようにこくこくとうなずく尾田を見下ろし、老人はニタリと笑みを浮かべる。

自分の命があと十日もないなどとは、この時の尾田には知るべくもなかった。

本書は、映画「最後まで行く」（監督：藤井道人、脚本：平田研也　藤井道人）
をもとに、集英社文庫のために書き下ろされた作品です。

# 集英社文庫　目録（日本文学）

半村良　石の血脈
半村良　江戸群盗伝
東憲司　めんたいぴりり
東直子　水銀灯が消えるまで
東野圭吾　分身
東野圭吾　あの頃ぼくらはアホでした
東野圭吾　怪笑小説
東野圭吾　毒笑小説
東野圭吾　白夜行
東野圭吾　おれは非情勤
東野圭吾　幻夜
東野圭吾　黒笑小説
東野圭吾　歪笑小説
東野圭吾　マスカレード・ホテル
東野圭吾　マスカレード・イブ
東野圭吾　マスカレード・ナイト

東山彰良　路傍
東山彰良　ラブコメの法則
東山彰良　DEVIL'S DOOR
樋口一葉　たけくらべ
ひずき優　雨瀬シオリ・原作　小説　ここは今から倫理です。
ひずき優　小説　最後まで行く
備瀬哲弘　精神科ER　緊急救命室
備瀬哲弘　うつノート　精神科ERに行かないために
備瀬哲弘　精神科ER　鍵のない診察室
備瀬哲弘　大人の発達障害　アスペルガー症候群、AD/HD、自閉症が楽になる本
備瀬哲弘　精神科医が教える「怒り」を消す技術
備瀬哲弘　もっと人生ラクになるコミュ力UP超入門書
日髙敏隆　世界を、こんなふうに見てごらん
一雫ライオン　小説版　サブイボマスク
一雫ライオン　ダー・天使
一雫ライオン　スノーマン

日野原重明　私が人生の旅で学んだこと
響野夏菜　ザ・藤川家族カンパニー　あなたのご遺言、代行いたします
響野夏菜　ザ・藤川家族カンパニー2　ブラック婆さんの涙
響野夏菜　ザ・藤川家族カンパニー3　漂流のうた
響野夏菜　ザ・藤川家族カンパニーFinal　嵐、のち虹
氷室冴子　冴子の母娘草
姫野カオルコ　ひと呼んでミツコ
姫野カオルコ　みんな、どうして結婚してゆくのだろう
姫野カオルコ　サイケ
姫野カオルコ　すべての女は痩せすぎである
姫野カオルコ　よるねこ
姫野カオルコ　ブスのくせに！　最終決定版
姫野カオルコ　結婚は人生の墓場か？
平岩弓枝　釣女　花房一平捕物夜話
平岩弓枝　女櫛　花房一平捕物夜話
平岩弓枝　女のそろばん

# 集英社文庫　目録（日本文学）

# 集英社文庫　目録（日本文学）

藤本ひとみ　皇后ジョゼフィーヌの恋
藤原章生　絵はがきにされた少年
藤原新也　全東洋街道(上)(下)
藤原新也　アメリカ
藤原新也　ディングルの入江
藤原美子　我が家の流儀　藤原家の闘う子育て
藤原美子　家族の流儀　藤原家の褒める子育て
布施祐仁・三浦英之　日報隠蔽　自衛隊が最も「戦場」に近づいた日
船戸与一　猛《たけ》き箱舟(上)(下)
船戸与一　炎　流れる彼方
船戸与一　虹の谷の五月(上)(下)
船戸与一　降臨の群れ(上)(下)
船戸与一　河畔《かはん》に標《しるべ》なく
船戸与一　夢は荒れ地を
船戸与一　蝶舞う館
古川日出男　サウンドトラック(上)(下)

古川日出男　gift
古川日出男　あるいは修羅の十億年
古川真人　背高泡立草
辺見庸　水の透視画法
保坂展人　いじめの光景
星野智幸　ファンタジスタ
星野博美　島へ免許を取りに行く
干場義雅　世界のビジネスエリートは知っている　お洒落の本質
干場義雅　色気力
細谷正充・編　時代小説傑作選　江戸の爆笑力
細谷正充　宮本武蔵の『五輪書』が面白いほどわかる本
細谷正充・編　時代小説アンソロジー　くノ一、百華
細谷正充・編　野辺に朽ちぬとも　吉田松陰と松下村塾の男たち
細谷正充・編　新選組傑作選　誠の旗がゆく
細谷正充・編　時代小説傑作選　土方歳三がゆく
堀田善衞　若き日の詩人たちの肖像(上・下)

堀田善衞　めぐりあいし人びと
堀田善衞　ミシェル城館の人　第一部　争乱の時代
堀田善衞　ミシェル城館の人　第二部　自然　理性　運命
堀田善衞　ミシェル城館の人　第三部　精神の祝祭
堀田善衞　ラ・ロシュフーコー公爵傳説
堀田善衞　上海にて
堀田善衞　ゴヤ　Ⅰ　スペイン・光と影
堀田善衞　ゴヤ　Ⅱ　マドリード・砂漠と緑
堀田善衞　ゴヤ　Ⅲ　巨人の影に
堀田善衞　ゴヤ　Ⅳ　運命・黒い絵
穂村弘　本当はちがうんだ日記
堀辰雄　風立ちぬ
堀江貴文　徹底抗戦
堀江敏幸　なずな
本上まなみ　めがね日和
本多孝好　MOMENT

## 集英社文庫　目録（日本文学）

# 集英社文庫　目録（日本文学）

集英社文庫

小説《しょうせつ》　最後《さいご》まで行《い》く

2023年4月25日　第1刷　　定価はカバーに表示してあります。

著　者　ひずき　優《ゆう》
発行者　樋口尚也
発行所　株式会社 集英社
東京都千代田区一ツ橋2-5-10　〒101-8050
電話　【編集部】03-3230-6095
【読者係】03-3230-6080
【販売部】03-3230-6393(書店専用)
印　刷　中央精版印刷株式会社　株式会社美松堂
製　本　中央精版印刷株式会社

フォーマットデザイン　アリヤマデザインストア　　マークデザイン　居山浩二


ISBN978-4-08-744520-6 C0193